新 潮 文 庫

悟 浄 出 立

万城目 学著

新 潮 社 版

10645

序

今でもよく覚えているのだが、高校時代、現代文のテストにとんでもなくおもしろい文章が出題された。

天竺《てんじく》への取経《しゅけい》の旅の途上にいる、三蔵《さんぞう》法師と孫悟空《そんごくう》と沙悟浄《さごじょう》と猪八戒《ちょはっかい》が登場する話だった。なるほど『西遊記』ではないかと思いきや、そうではない。沙悟浄が何やら考えている。ひとりウンウンと唸《うな》りながら、悟空の天才性について、三蔵法師の眼差《まなざ》しの先にある永遠性について、やたら難しい言葉を使って考察している。何だろう、この変だけど、とてつもなくおもしろい話は――、一瞬で引きこまれた私は、テストそっちのけで文章に没頭した。

そのときは誰が書いたのか、わからなかった。出題文についての説明もなかった。

高校を卒業して大学生になっても、あの『西遊記』は誰の手によるものだったのか、ときどき気になった。この作家が書いたのではないか、とあたりをつけて著作リストを調べても引っかからない。テスト用に抜粋された部分だけで、あの尋常ではない吸引力があったのだ。無名なんてことはあり得まい、と思いつつも、なかなかその著者を発見することができなかった。

それが、ひょんなところで正解に出会った。

新たに刊行された、以前から大好きだった作家の短編集に、ぽつんとあの作品が収録されているのを見つけたのだ。

中島敦《あつし》（1909―1942）。

教科書にも採用されている「山月記」が特に有名であるが、他にも「李陵《りりょう》」「弟子」といった古代中国の歴史を題材にした短編を多く残している。何を隠そう、予備校生時代、彼の短編集を愛読していた私は（その一冊には、あの『西遊記』は収録されていなかった！）、ときに高潔、ときに厳格、ときにユーモラス、さらには深みと品格をも備える彼の文章にいたく刺激を受け、

「こんな文章を書ける作家になりたい」

とそれまで小説など一行も書いたことがないくせに、発作的に夢を抱き、駿台《すんだい》手帳に「いつか小説にしてみたいリスト」として適当なアイディアを勢いで書き留めてしまったくらいである。

「悟浄出世」

「悟浄歎異《たんに》」

この二編が「わが西遊記」と題された連作として残っている。

「悟浄出世」は、沙悟浄が流沙河《りゅうさが》の底で己は何者かと問い続けるうちに心の病にかかり、妖怪《ようかい》の師のもとを訪れてはその答えを探るも、目的を果たすことができぬうちに三蔵法師に出会うまでの話。

「悟浄歎異」は、取経の旅のメンバーとして天竺に向かう沙悟浄が、考えてばかりで行動が伴わない己の弱点に気づき、悟空と三蔵法師について考察するという話。あの現代文の試験で読んだ問題は、この「悟浄歎異」からの抜粋だった。

もっと「わが西遊記」の続きを読みたい！ と心から渇望《かつぼう》した。しかし、それは決して叶《かな》わぬ望みだった。なぜなら、中島敦は「わが西遊記」の二編を書き上げた1942年に、三十三歳の若さで、この世を去ってしまったからだ。持病の喘息《ぜんそく》が悪化したことが死因だった。

ここで話は、私が三十三歳になったときに飛ぶ。

作家になって三年目、新潮社の文芸誌「yom yom」に一編の小説を寄稿することになった。出版社からの要望は、「読み切り」の短編であること。

それまで『鴨川《かもがわ》ホルモー』『鹿男《しかおとこ》あをによし』『ホルモー六景』の三作しか書いたことがなかった私にとって、「読み切り」短編ははじめての経験だった。何を書こうか頭を悩ませていたとき、

「永遠に読めないあの話の続きを、自分で書いてみたら？」

とふと思いついた。奇しくも、中島敦が「わが西遊記」を書いた年齢と同じ三十三歳だ。挑戦してみるのもおもしろいかもしれない。私が愛してやまない「悟浄歎異」のラスト付近で、沙悟浄が、今の自分は悟空からまだ多くを学ばねばならぬ、猪八戒を知るのはその次だ、と述懐するシーンがある。沙悟浄が悟空と三蔵法師を考察する話は、中島敦がすでに書いた。自然、私が書くべきは「沙悟浄が猪八戒を考察する話」に決まった。

タイトルは「悟浄出立」とした。

この一編を皮切りに、五年をかけて「趙雲西航《ちょううんせいこう》」「虞姫寂静《ぐきじゃくじょう》」「法家孤憤《ほうかこふん》」「父司馬遷《ちちしばせん》」を書いた。いずれも、私が大好きな古代中国の歴史上の出来事から題材を得たものだ。沙悟浄と同じく、主役の周囲にいる人物を中央に置き、その視点でもって主役を観察し、ひるがえって自己を掘り下げる、という心の動きを描いた。

どうして、現代の日本人作家がわざわざ中国の歴史や古典に題材を求めるのか、と不思議に思われる方も多いかもしれない。

その答えは、「きっと同じだから」だ。

私のなかで、日本の奈良時代、戦国時代に生きた人々も、中国の秦《しん》や漢の時代に生きた人々も、同じ流れのなかにたたずんでいる。もちろん、それぞれ文化はちがう。言葉もちがう。それでも、生きるという営み、そこに宿るかなしみやよろこびの感情は同じはずと思い、はるかむかしの異国の男女の物語を記した。

ただし、中学時代に吉川《よしかわ》英治の『三国志』に触れ、加速度的に中国の歴史に興味を抱くようになった私ゆえ、思い入れが強すぎるきらいもあろう。人によっては、何の講釈もなく異国の物語が始まることに、時代背景などが理解できぬままでは参加しづらい、と感じる向きもあるやもしれぬ。

それはひとえに、私の文章の吸引力が弱いことの証左なのであるが、もしも、中国の歴史や、原典への知識が少し添えられることで、一気に読書の楽しみが増すのなら、その機会を設けないのは著者の怠慢というものである。

そこで巻末に「著者解題」として、それぞれの作品について、簡単な原典の解説や、登場人物の紹介を置いた。

中国の古典や歴史に馴染《なじ》みがないという方は、先に解題から目を通してもらうのも一手かもしれない。文楽や歌舞伎《かぶき》などで、演目の大まかなあらすじを読んでから鑑賞に挑んでも、楽しさが削《そ》がれることはないように、解題から得た知識がよき読書への助けとなればさいわいである。もちろん、余計な情報の受け取りを拒否し、このまま頁《ページ》を進め、眼前に現れる人物たちの物語に興じるのも大いに結構。そのときは、古代中国の物語が持つ、偉大なる普遍性をじかに感じ取っていただきたい。

この『悟浄出立』という作品は、私にとって特別であり、特殊でもある一冊だ。これまでの著作は、ひとつの作品を書き上げるたびに、そこから触角が伸びて次の作品のかたちを漠然と組み上げるという連鎖の働きが互いに生じていたように思う。だが、この作品だけは完全に独立している。これまでの、どの著作の延長線上にも存在していない。ただ「ずっと書きたかったもの」として私の内なる場所にあったものだ。

過去の著者の作品とは大いに趣を異にする一冊かもしれぬ。しかし、これもまた万城目学という人間が表現したいと願っていた世界である。

目次

悟《ご》浄《じょう》出《しゅっ》立《たつ》

悟《ご》浄《じょう》出《しゅっ》立《たつ》

「上り坂ってのは、どうしてこうも神経をすり減らすものなのかね」

背負った行李《こうり》を大儀そうに担《かつ》ぎ直し、八戒《はっかい》はぶうと鼻を鳴らし、白い息を勢いよく宙に吐き出した。

「あそこが頂上かな、と思って歩を進めると、決まって同じ風景がまた目の前に現れる。今度こそあの木のあたりがてっぺんで、そこから先は下り坂だろう、と見当をつけていたら、いつの間にか木の脇《わき》を通り過ぎて、やっぱり続くのは相も変わらぬ上り坂だ。どこまでも、どこまでも坂道——ああ、何だか絶望的な気分になってしまうよ」

八戒が大きな耳をはためかせ、またもぶうと低い鼻音を鳴らすと、三蔵《さんぞう》法師の乗る白馬の先で、悟空《ごくう》が舌打ちとともに振り返った。

「おい、おしゃべりブタ。いい加減、その開きっぱなしの口を閉じろよ。そうだららと文句ばかり聞かされていたら、こっちまで気が滅入《めい》ってくるだろうが」

「仕方ないだろ？　だいたい、こんな薄ら寒い眺めばかり続いて、愉快な気持ちになれってほうが無茶だよ。ほら、地面に氷まで張りだした。おお寒い、寒い」

「別にお前は上り坂だから文句を言ってるわけじゃないだろう。下りのときは下りのときで、やれふともも が張るだの、やれつま先が痛いだの、やれ膝《ひざ》を悪くするだの、そりゃあ始終うるさいじゃないか」

そうだったかなあ、と八戒はそらとぼけたのち、

「いったいぜんたい、俺は山というものが嫌いなんだな。だって、考えてみなよ。こんなに苦労して上って、また同じぶんを一生懸命になって下るんだぜ。なんて馬鹿馬鹿《ばかばか》しい行いだと思わないかい？」

と背中とは別に、もう一つの行李を引っかけた肩のまぐわの位置を正した。

「じゃあ、今度、お師匠様の前にうんと高い嶺《みね》が現れたときは、さっさと旅をあきらめるのか？」

「そこまでは言ってないよ、兄き」

「お師匠様は俺たちみたいに、雲には乗れない。なら、歩くしかないだろう」

「そのくらい俺にだってわかってるよ。ただ、俺が言いたいのは、そう、何というん

だろう――こう過程が重視される行為というものが、どうにも苦手なんだな。山を上って下る。ただそれだけのことなのに、まるでそこに貴く、頑丈な精神があるかのように、世間はその苦労を讃《たた》えるじゃないか。そんなもの俺からしてみたら、どこまでも要らない苦労だよ。肝心かなめなことは、山を下りてから何をするか、だよ。その途中の行為になんか、何の価値もありゃしない」

「じゃあ八戒、お前は山を下りたら、何をする？」

垂れ下がった大きな耳と耳との間に、ふさふさと短いたてがみが揺れる後頭部を見つめ、俺は列の最後尾から訊《たず》ねた。

「決まっているじゃないか、悟浄《ごじょう》」

黒い法衣《ほうえ》を纏《まと》った大ブタは、何をか言わんやとばかりに、勢いよく振り返った。

「ここで無駄に使った力を取り戻すんだよ。そうだなあ、湯気がもうもうと湧《わ》く、椀《わん》たっぷりの羹《あつもの》だろ、蒸したてのふかふかの饅頭《まんじゅう》だろ、こりこりとした焦《こ》げが香ばしい焼餅《やきもち》だろ、だしのたっぷり染《し》みたうどんだろ、それに米を三石ばかりいただくかな。あと、少しでいいから酒を出してくれたら、万々歳だなあ……」

案の定、八戒は斎《とき》の風景を克明に語り出した。語りながら、食欲が止まらなくなったらしく、そのうち前方に突き出した長い口の間からよだれを垂らし、のどをごきゅごきゅ鳴らし始めた。

「汚いなあ」

と俺が思わず顔をしかめると、

「おっと、失敬」

と八戒は法衣の袖《そで》でよだれを拭《ふ》き取り、「ああ、腹が減った」と力なく前に向き直った。

八戒の呑気《のんき》な言葉に、先頭から「阿呆《あほう》め」と悟空が毒づく声が聞こえてくる。馬上の三蔵法師は八戒の様子を見下ろし、かすかな笑みを浮かべつつ、さらに首を回して俺にお訊ねになった。

「悟浄よ、これから先の天気は如何《いか》に？」

俺は「はい」と答え、空に向かって、舌先を三寸突き出した。流沙河《りゅうさが》の水底で長い間暮らした俺は、いつの間にか、誰よりも水気を感じやすい身体《からだ》になっていた。俺は舌を這《は》う、凍える空気に漂う水気を確かめ、

「雪になりそうです」

とお答えした。

途端、師父《しふ》は不安そうな表情に変わって、空を見上げられた。決して寒いと口には

されぬが、馬の蹄《ひづめ》が土とともに氷を踏む音が山間《やまあい》に響くほどだ。先ほどから馬上にて寒風をまともに受け、すっかり身体は凍えておられるに違いない。

「おい、兄き。ただでさえ、こんなに寒いのに、これで雪まで降ってきたらどうするんだい。このまま野宿なんてことになったら、師父が凍え死んじゃうよ」

「八戒の言うとおりだ、兄き。山の天気は変わりやすい。暗くなる前に今夜の宿の場所を決めてしまおう」

と俺も悟空に声をかけた。悟空は「このくらいでいちいち店じまいしていたら、いつになったって西天《さいてん》に着けやしねえよ」と不満そうにぶつぶつつぶやいていたが、

「お師匠様、ご覧の通り、まだ険路は続きます。日が暮れるまでに山を越えることは難しいでしょう。風雪をしのげる洞穴を見つけて、そこに荷物を下ろしましょう。そうしたら、私があたりを探って、人家を見つけ斎を請《こ》うて参ります」

と雲の向こうに薄ぼんやりと浮かぶ太陽を見上げ、三蔵法師に伝えた。

そのとき、馬上の師父が急に、

「おや悟空、あれに見える建物は何ぞ」

と甲高い声を上げた。師父の指差す方に顔を向けると、鮮やかな朱に彩《いろど》られた楼閣が薄《うっす》らと霧に包まれ、山間の窪地《くぼち》にそびえているのが見えた。

「わあ、立派な建物じゃないか。ありゃあ、きっと金持ちの邸宅に違いない。兄き、さっそくあそこに行って、今宵《こよい》の斎と宿をお願いしよう。見るからに、景気よく振舞ってくれそうじゃないか」

と早くも八戒ははしゃいで肩のまぐわを振りかざし、ぶうぶうと騒いだ。

悟空は白馬の手綱を引きながら、じっと目を細め、建物の様子をうかがっている。

その横顔を見つめながら、俺は「ああ、これはいつもの展開がやってくるぞ」と早くもこれから始まる出来事の顚末《てんまつ》を予感した。

「お師匠さま」

額から頬の脇へと連なる短い茶色の毛並みを細かく風に震わせ、悟空は静かに告げた。

「あそこにいるのは、妖怪《ようかい》ですよ」

＊

「なあ、八戒」

「何だい、悟浄？」

「どうしてお前は、こうも毎度、同じ間違いをするんだ？」

「俺だって、別に好きでこんな目に遭っているわけじゃないよ。俺なりに、最善を尽くしての結果さ。だいたい、俺ばかりに非を押しつけるのはどうなんだい？　師父だって、俺の提案にすぐ乗ったし、お前だって、何が何でもといった態度で止めようとはしなかったじゃないか」

それを言われると、俺もつらい。俺が言葉に詰まるのを誤魔化すように、もぞもぞと身体を動かすと、八戒も釣られて身体を揺らし始めた。ほどなく「痛てて」とうめき声が天井に反射して、広い洞内に響き渡った。

「俺はお前さんや師父より、よっぽど目方があるから、さっきから苦しくって仕方がないや」

「だから、肥えすぎだといつも注意しているんだ」

「こんなところで効いてくるとわかっていたら、俺だってもう少し真面目《まじめ》に痩《や》せようと努力したよ。ああ、痛い痛い」

俺はため息をついて、身体から力を抜いた。その拍子に、後ろ手に縛られた部分が、きりきりと軋《きし》んだ音を立てた。

広い洞内にて、俺は縄目に掛けられ、ずいぶん高い位置に天井から吊《つ》り下げられている。隣には八戒の黒い大きな影がぶら下がっている。さらにその向こうには、師父の華奢《きゃしゃ》な身体が、地面に置かれた灯明の光を受け、心細げに揺れている。

何もかも、俺が予想した通りの結末だった。斎を探しにいった悟空の留守中、我々三人は呆気《あっけ》なく妖魔の手に落ち、斯《か》くの如《ごと》く無様な囚《とら》われの身と相成ったのである。

いったい、この失敗を我々はどれほど繰り返してきたことだろう。悟空が妖魔の存在を、その鋭敏な感覚から素早く嗅《か》ぎ取り、いかに注意を促しても、我々は決まって妖魔の奸計《かんけい》に陥ってしまう。若《も》しくは自ら墓穴を掘り、まんまと魔窟《まくつ》奥深くに虜《とりこ》となる羽目になる。

今回に限っては特にひどい。彼方《かなた》にそびえる楼閣に危険を察知した悟空は、斎を求めに行く前に、耳の穴から金箍《きんこ》棒《ぼう》を取り出し、背丈ほどの長さに引き伸ばすと、我々のまわりにぐるりと円を描いた。これでいかなる妖魔猛獣も近づくことができぬ、と結界まで築き、

「決してこの円から外に、お出になりませぬよう」

と険しい眼差《まなざ》しを霧に浮かぶ楼閣へ送りながら、師父に念を押した。「承知した」と師父がうなずくのを見届けてようやく、悟空は觔斗《きんと》雲《うん》を呼ぶと、勢いよく飛び乗り托鉢《たくはつ》へと向かったのである。

雲に乗った悟空があっという間に見えなくなるのを見送ってから、俺は馬から師父と荷物を下ろした。少しずつ頭上の雲がぶ厚くなってくるのを確かめながら、我々は中央の師父を囲むようにして、悟空の描いた円の内側で彼の帰りを待った。

俺はいったん鞍《くら》を外した馬の身体を木べらで撫《な》でつけ、汗をこそぎ落としながら、ちらちらと八戒の様子をうかがった。八戒は胡座《あぐら》を組んで、師父の前で大きな身体をちぢこまらせている。その様子がいかにも芝居じみていて、俺は口元に笑みが浮かぶのを抑えるのにずいぶん苦労した。案の定、大人しくしていたのはごく初めのうちだけで、俺が鞍を馬の背に戻した頃には、八戒はそわそわと大きな耳を顔の横ではためかせ、地面に引かれた結界線に胡散臭《うさんくさ》げな視線を送り始めていた。

八戒とは真の楽天家だと、つくづく思う。天性の楽天家は、その言葉に真心が宿る。言い訳ではないが、

「大丈夫だよ。そもそも、兄きは心配性なんだ。だって、あれほどきれいな五色に彩られた建物が、妖魔のすみかなんてことがあるものかい。心のねじれた妖魔なら、もっとみすぼらしい、すさんだ建物を作り上げるはずさ。そうじゃありませんか、お師匠様？　あんな歩いてすぐの場所に、立派な建物が我々を待っているのに、こんな寒風吹き荒《すさ》ぶ場所で、じっとしている法はありません。だいたい、あの怠けザル、どこ

で油を売って遊んでいるか、わかったものじゃありませんぞ。それにこんな地面に円を描いただけで、魔除《まよ》けになるなんて聞いたこともない。きっと我々に勝手なことをされたら面倒だと、あの弼馬温《ひつばおん》めが咄嗟《とっさ》に考え出した勝手なはったりですよ、これは」

といつもの軽快な調子で八戒が語りだすと、なるほどそうかもしれない、とつい思ってしまう。

結局、八戒の言に惑わされた三蔵法師は、悟空の築いた結界を出て、楼閣を目指すことになる。もちろん、楼閣は妖魔が生みだしたまぼろしであり、その門前にのこのこと赴いた我々は、いとも容易《たやす》く相手の術中にはまり、人馬もろとも洞内に引っ立てられたのである。

地面に一つだけ据えられた、洞内を照らす灯台の明かりが、先ほどから頼りなく揺らめいている。為《な》す術《すべ》なく、こうして天井より吊り下げられながら、俺はこの展開を悟空が楼閣を見つけたときから予見していたことを改めて思い返す。きっと今ごろ、托鉢から帰ってきた悟空は、結界から師父と不甲斐《ふがい》ない弟子たちが消えていること、山間の楼閣がその役目を終え、枯れ果てた雑木林に変わっていることを発見し、ことの顚末を即座に了解したことだろう。「お師匠様ァ、お師匠様ァ」と鮮やかな赭顔《しゃがん》をさらに赤らめ、雲上から必死になって声を張り上げていることだろう。

ああ、いったい、俺はどこまで観察者であり続けるのか。世間には「だから、自分はこうなると思っていたのだ」と事後になって、賢《さか》しらにその思考の履歴を披露する者がいる。たとえそれがどれほど無意味な、単に周囲を苛立《いらだ》たせ、かつ自己すらも満足させられない行為であったとしても、その発言はその者が思考していた事実を周囲に伝えることができる。だが、俺はそれすらもしない。八戒が悟空の言いつけを破り、自ら危地に飛びこむだろう、ととっくの昔に承知していたにもかかわらず、俺は何も行動せず、何も発言せず、今もこうして黙って宙に浮くのみである。最悪の場合、このまま妖魔に取って食われる、などという結末すら待ち受けているやもしれぬのに、俺の心はどこまでも醒《さ》めきっている。まったく——俺はいつからこうも力なき傍観者となり果てたのか。

そのとき、不意に洞内の明かりが消えた。灯心を浸した火皿の油が切れたのだろう。あたりは一瞬にして深い闇《やみ》に包まれた。と思ったら、視界の上のあたりに淡い光を感じた。灯明の残像がちらついているのかと思ったが、そうではない。俺は無理して顔をねじ曲げ、天井を見上げた。俺は思わず「ほう」と声を上げた。なぜなら、我々の頭上に、いつの間にか、満天の星が広がっていたからである。

「八戒――見えるか？」

俺は闇に浮かぶ大きな影に呼びかけた。

「ああ、見える。大したもんだね。夜光石だよ、これは」

いかにも感心したといった様子の言葉のあとに、ぶうふうという興奮の鼻息が続いた。師父の声は聞こえない。ひょっとしたら、心のなかで座禅を組み、すでに意識を遠ざけておられるのかもしれない。

「きっと、岩盤に夜光石がたくさんむき出しになっていたんだ。ああ、あの光が連なっているあたりなんか、まるで天の川みたいじゃないか」

その言葉を聞いたとき、俺はふと、八戒について、これまで確かめよう確かめようと思いつつ、なぜか聞きそびれていたあることを思い起こした。俺は天井から首を戻した。

「おい――天蓬元帥《てんぽうげんすい》」

しばらく間が空いてから、何だい、という声が返ってきた。それがどうもいつもの調子と違うので、俺が思わず「どうした？」と訊ねると、

「なぜだか、たった今、その名前で呼びかけられるような予感がしていたんだ」

と八戒は静かな声で答えた。

俺はもう一度首をもたげた。

まるでそこに本物の天の川が横たわっているかのように、蒼白《あおじろ》い光が八戒のかつてのふるさとを、音もなく描き出していた。

＊

あれはいつのことだったろう。

確か、宝象国《ほうぞうこく》で黄袍怪《こうほうかい》を相手に戦ったときのことだったろうか。そうだ、珍しく妖魔に囚われることなく、俺と八戒が、悟空とともに黄袍怪を退治したあとの出来事だ。俺の周囲には、自分たちの仲間が、地上に降りて妖魔と成り下がったことの始末をつけるため、天界から大挙して助太刀に訪れた二十七宿の星官の姿があった。無事決着を迎え、星官らが天上への帰り支度を進めているとき、彼らのうちの一人が急に俺の隣でつぶやいたのである。

「おや――ひょっとしてあれは天蓬元帥ではないか？」

ああ、八戒ですか、と何気なく答えた俺に、星官は「天蓬元帥がいるなら、西天への旅はずいぶん楽なものになるだろうなあ」とさらに言葉を重ねた。その口調はまるで、八戒が歩を進めれば即《すなわ》ち、西天への道が自《おの》ずと眼前に広がるかのような、やけに信頼を置いた響きを湛《たた》えていた。

「あいつが？　なぜです？」

俺はどこまでも素直に問い返したつもりだったが、星官は心底不思議そうな表情で俺の顔をのぞきこんだ。さらには、

「なぜって君——あの天蓬元帥じゃないか。術策を巡らす頭脳の明敏さをして神通広大と賞賛され、その用兵の妙をして天界じゅうにその名を轟《とどろ》かせた、希代《きたい》の名将じゃないか」

とどこか咎《とが》めるような表情さえ声に含ませて、その理由を伝えてきたのである。

俺は一瞬、聞き間違えたかと思った。少なからず長い間、寝食をともにし、ときに武器を並べ妖魔に立ち向かい、俺なりに八戒という存在を理解してきたつもりだ。断言するが、この八戒という男ほど、後先考えず、無策のまま危地へ飛びこむ阿呆はいない。きっと悟空も、この意見には一も二もなく賛同してくれるはずだ。

「さだめし、蒙昧《もうまい》な妖魔を相手に、痛快な決着をつけていることだろうなあ。ああ、できることなら私も近くで、あの見事な戦いの腕前をもう一度、眺めたいものだよ」

しきりに昔を懐《なつ》かしむ星官に、俺はおずおずと問いかけた。もしよければ、星官の

知る、往時の天蓬元帥の活躍というものを教えていただけないか、と幾分混乱した頭で申し出たのである。

出発までの短い間、俺は星官よりかつて天の川水軍を率い、天界じゅうの賞賛をほしいままにしたという八戒の経歴を教わった。それはどう考えても、八戒と同一人物とは思われぬ、或《あ》る名将の輝かしい勝利の記録だった。

「実は私も、天蓬元帥と一度演習で手合わせをしたことがあるのだよ。しかし、見事にこちらのねらいの裏をかかれ、ぺしゃんこにやられてしまった。まったく、あのときはまるで自分の心の奥底まですべて読み取られているような気がして、遠く離れて対峙《たいじ》しているにもかかわらず、ぞっとしたものだ」

まだ私が出世する前の話だ、恥ずかしいから元帥には内緒だよ、と星官は笑って、他の宿将らとともに天界へと帰還した。去り際《ぎわ》、当時とまるで外見を異にしているであろう八戒の背中に、星官が敬意の眼差しを送ったのち、空に舞い上がったのが印象的だった。

俺はこの話を、すぐさま八戒に告げようとはしなかった。まず、星官の話自体に疑問を抱いたこともある。だが、それよりも「なぜ八戒は現在の如く、成り下がったのか？」という問題を重く見た。人一倍うぬぼれが強く、極度に口の軽い性質《たち》にもかかかわらず、俺の知る限り、これまで八戒が天蓬元帥として天の川に君臨していたときの話をしたことはただの一度もない――その事実も、本人への事実照会を思いとどまらせた。何しろ、太陽の照りつける日中、黙って荒野を歩いただけのことで、「文句も言わず、俺もよくがんばったなあ」と寝床の用意をしながら自慢げに訴えてくる男である。そんな軽薄な八戒が何も語らない裏には、何か重大な理由が隠されているのではないか、と勘繰ったのだ。

俺は直接本人に訊ねる代わりに、まず悟空にこの話を聞かせた。たまさか二人だけで水浴びをする機会があった際、俺は星官が語った内容を兄弟子にそのまま伝えてみた。

「ああ、俺もその話なら聞いたことがあるぞ」

驚くことに悟空も、同じ天蓬元帥の活躍を聞いたことがあると答えた。誰から教えられたのか、という問いに、悟空はある竜神の名を挙げた。八戒の姿を見て、かつて十万の兵を指揮する彼を背にのせたことがある、と急に昔語りを始めたのだという。

「出鱈目《でたらめ》だろう」

渓流の水を全身に浴びながら、悟空は歯ぐきを剝《む》き出して、キキキと笑った。どうやら悟空はまるでその話を信じていない様子だった。

「だって、あのぐうたらに、緻密《ちみつ》な兵の指揮なんてできっこないよ。俺みたいに先陣を切って好き放題暴れ回るのと違って、後ろに控える将軍に必要なのは一に忍耐、二に忍耐だ。今のあいつにいちばん欠けているものじゃないか。無理だよ、無理」

悟空はどこまでも無学だが、相手の能力を推し量る技量にかけては、天才的な直感を誇る男だ。悟空の「無理」は、生物の機能として不可能な範囲にあるという意である。悟空に言われるまでもなく、現在の八戒に水軍の指揮など到底無理な話だろう。

そこに俺も異存はない。

「兄きはどうして八戒が天界を追放されたか知っているかい？」

「何だお前、知らないのか？」

「女癖が悪くて、その科《とが》で天界から追放されたのは知ってるよ。下界に落とされる途中、ブタの胎内に誤って入ってしまったからあんな格好になった、と師父から聞いた」

「その通りだよ、女のケツをさんざん追いかけた挙げ句、ブタに為《な》りかわる。どこまでも奴《やつ》らしい生き様じゃないか」

「八戒はいったいどんな諍《いさか》いを起こしたんだい？　女がらみの話だからか、師父はあまり詳しくは教えてくれなかった」

「そんなもの本人に直接訊《き》けばいいだろう。いつだって、隣でだらしなくまぐわを担いでいるだろうが」

悟空はいとも簡単に、観察者・傍観者としての俺の弱点の中心を突いてきた。これだから、このサルと話をするときは用心しなければならない。どこまでも攻撃的でないと気が済まないサルなのだ。この斉天大聖《せいてんたいせい》孫悟空という男は。

「俺もつまらぬしくじりをしでかして、同じく天界を追われた口だから訊きづらいんだ」

と苦笑混じりの声で告げ、少なからず動揺する心を押し隠すように、俺は川の水でむやみに顔を洗った。「そういうものかね」と関心なさげにつぶやき、悟空は素っ裸のまま、ヨッと岩の上に飛び上がると、もう一段跳ねて頭上を渡る木の枝を足でつかんだ。素足ゆえ、悟空の足先はサルの機能を取り戻し、まるで手のようにものをつかむことができる。

「単純な話だよ。蟠桃会《ばんとうえ》の夜にやっこさん、したたかに酔っぱらって仙女をしつこく口説こうとしたんだ。嫌がった女が訴え出て、それで大騒ぎになったという訳だ。何せ相手が天帝の侍女だったからな」

「兄きは天界にいたときの八戒のことを、直接知っているのかい?」

悟空はしばらく逆さにぶらぶらと揺れていたが、くるりと細枝の上に身体を起こし、器用に腰を落とした。

「いや、知らない」

「天蓬元帥だったんだろ？」

「らしいな」

「そこは否定しないのかい？」

「観音菩薩《かんのんぼさつ》様はじめ、太白金星《たいはくきんせい》や太上老君《たいじょうろうくん》のお歴々が揃《そろ》って言うんだ。なら、そうなのだろう」

「あのうすのろ八戒に、そもそも水軍の将が務まったのだろうか？」

どうやらそこまでは考えが及ばなかったのだろう。枝の上から、悟空はきょとんとした顔で俺を見下ろした。「ううん」とうなりながら、悟空はゆっくり後ろに倒れた。両手で枝をつかみ、両足も踏ん張っている状態ゆえ、枝を軸にして悟空はくるりと一回転して元の位置に戻ってきた。

「そうさなあ」

とつぶやいて、悟空はふたたび回転を始めた。四回転、五回転と勢いをつけ、豪快に身体の水気を切ったのち、悟空は「ヨッ」とかけ声とともに宙に飛び立った。

渓流を左右からのぞきこむ木々の中央にぽっかりと開いた青天に、茶色いかたまりが浮かんだ。その影から尻尾《しっぽ》がふわりと顔をのぞかせたと思うと、次の瞬間、悟空は川面《かわも》から突き出した岩の先端にすとんと降り立った。

「天蓬元帥ねえ」

額に嵌《は》められた金色に輝く緊箍児《きんこじ》を撫でながら、悟空はいまだ思案の最中だった。しかし、むき出しの股間《こかん》をもう片方の手で掻《か》きながら、悟空は急に、奥歯がのぞくまでくっきりと唇をめくり上げ、呵々《かか》と哄笑《こうしょう》した。

「ないない！　きっと優秀な参謀でも隣に控えていたんだろう。あの大食らいの出来そこないにそんな大役、どう考えたって無理さ！」

＊

貯《た》めていた光を失いつつあるのだろう。天井の夜光石の輝きが少しずつ衰えてきたように感じられる。俺は中空に吊り下げられながら、淡い闇の向こうに話しかける。

「お前は本当に、天の川で、水軍の総帥に就いていたのか？」

「そうだよ、それゆえの天蓬元帥じゃないか」

「八戒が大将だなんて、とても想像がつかないな」

だろうね、と八戒は自嘲《じちょう》めいた笑いとともにぶふふと鼻を鳴らした。

「実は一度、聞いたことがあるんだ。その……お前さんの天の川での活躍ぶりをだよ。その内容が、あまりに今の姿とかけ離れていたものだから、俺はてっきり別人の話かと思った。でも、あれはやっぱり、八戒の話だったのかい？」

なるべく明るさを装《よそお》った声とは裏腹に、俺の顔にはきっと強い緊張の色が浮かんでいたはずだ。暗闇であることを幸いと、俺は息を詰めて反応を待った。八戒はなかなか返事を寄越さなかった。鼻の通りが悪いのか、かすれた息の音ばかりが響いたのち、

「悟浄がどんな話を聞いたのか知らないが、天蓬元帥といったら後にも先にも俺一人だよ」

と淡々とした調子で八戒は答えた。

そのとき、かつての天蓬元帥について語る星官の声がふっと脳裏に蘇《よみがえ》った。

「天蓬元帥ほど、相手の大将をとことん追い詰める人はいない。どこまでも考え抜いて、攻め手を選んでくる。そして、こちらの戦意を完全に喪失させるんだ」

星官によると、八戒の戦術のかなめは、相手の動きを読み切るところにあったそうだ。しかも同じ手は二度と用いず、相手の大将の性格に合わせ、柔軟に攻め方を変え、

まさに変幻自在の陣を敷いたのだという。

「彼は自ら剣を振るって、戦いに参加したのですか？」

「いや、元帥は何もしないよ。ただ、天の川の片岸に幕を張って、そこで静かに戦局を見つめるだけさ」

八戒のいくさは、常に奇妙な幕引きを迎えたらしい。八戒と対峙する相手は決まって、軍列を至るところで分断され、いつの間にか機能不全に陥ってしまう。そこへ迂《う》回《かい》した別働隊が大将の本営を襲い、ときに先陣が壊滅するよりも早く、大将が降参してしまうこともあったという。

もっとも、天界で実際にいくさが起きることは滅多になく、八戒の活躍はあくまで演習の範囲内に留まっていた。しかし、あるとき、一人の天将が反乱を起こし、討伐の勅命が天帝より下された。いったん人間界へ下り、数万の妖魔を従え攻め上ってきた天将を、聖旨《せいし》を受けた天蓬元帥が迎え撃つことになったのである。

噂《うわさ》に聞く天蓬元帥の初の実戦とあって、様々な天神地仙がこのいくさを見守るため参集した。どこか祭りのような異様な熱気が、いくさ場の内外に立ち籠《こ》めるなか、天蓬元帥は天の川水軍を率いて出陣した。

この一戦を間近で観戦した星官によると、「おそろしいほど呆気なく」勝敗が決したらしい。実戦の一部始終を目の当《ま》たりにした諸神は、演習時の八戒の指揮が、どこまでも手加減したものであったという事実を思い知らされた。それほど八戒の攻撃は容赦なく、完膚無きまでに相手を打ち砕いた。相手が妖魔の悪知恵を駆使し、いかに応戦しようとも、その企《たくら》みは片っ端から見破られた。八戒は易々《やすやす》と相手の軍勢を分断し、孤軍と化した妖魔の群れを、踏み潰《つぶ》すように掃討《そうとう》した。瞬《また》く間に相手の大将は追い詰められ、供の者数騎を連れて戦場を離脱した。しかし、逃げても逃げても、まるでその道順が事前に告げられていたかのように、草間から、岩陰から伏兵が躍りかかってくる。逃げ場を失った大将は、とうとう単騎となって、一本の槐《えんじゅ》の下に膝をついた。ふと見上げると、木の枝から何やら札が垂れ下がっている。

「逆賊、此《こ》の樹《き》の下で捕えられる」

アッと敵将が声を上げた途端、四方八方から縄が投げこまれ、そこに反乱は終結を迎えた。

あまりに鮮やかな大勝利に、天界はどっと沸いた。天蓬元帥の用兵の妙は、いかなる神通力の賜物《たまもの》かと誰もが口を極めてその才を賞賛した。まさしく八戒はときの寵児《ちょうじ》となったのである——。

星官が語った当時の盛り上がりぶりを、俺は八戒に語って聞かせた。ときどき、

「いやあ」と照れくさそうな声を発しながら、八戒は最後まで大人しく耳を傾けた。途中で話を止められるやもしれない、という俺の心配は杞憂《きゆう》に終わった。

「懐かしい話だなあ。ああ、そんなこともあった」

と昔話に何ら嫌がる素振りを見せない八戒に、俺は思いきって疑問の核心をぶつけてみた。普段の臆病《おくびょう》な俺からすれば、考えられない大胆な出方だったが、己の顔を隠すと同時に、相手の姿をも覆《おお》う暗闇の力に、きっと無意識のうちに助けられていたのだろう。

「じゃあ、どうして……あんなことをしたんだ？」

言うまでもなく「あんなこと」とは、大勝利のわずか十日後、八戒が蟠桃会で引き起こした、天界を追放される原因となった騒動のことである。

だが、勢いこんで放った俺の問いに、八戒からの返事はいっこうに届かなかった。ただ、かすれた鼻息が闇を伝ってくるばかりだった。途端、胸底からどっと後悔の念が溢《あふ》れ出した。

「す、すまない、八戒。別に答えたくなかったらいいんだ。調子に乗って変なことを訊いて、申し訳なかった」

「いや、構わないんだ」

八戒は静かに俺の声を遮った。

「なあ、悟浄よ」

八戒はゆっくりとした口調で語りかけた。

「いくさの極意とは、何だと思う？」

およそ考えたこともない類《たぐい》の問いに、俺は言葉に詰まった。

「さあ……俺はただの捲簾《けんれん》大将だった男だから、そんな物騒なことは皆目わからないよ」

「指揮官の精神を討つことさ」

はっきりそれとわかる皮肉の響きが、その言葉の端々に滲《にじ》み出ていた。

「たとえ十万と十万が対峙して、どれほどの将兵の命が奪われようとも、いくさには何の関係もない。なぜなら、勝敗を決めるのは十万の兵の死ではなく、たった一人の指揮官の精神の死だからだ。もうこれ以上、戦いを続けられない、ただそれだけを相手の大将に思わせるために、二十万の将兵は死にものぐるいになって戦うわけさ。古来より数えきれぬほどいくさが行われてきたが、戦場で大将が命を落とす例なんぞ九割九分あったためしがない。大将はどこまでも安全な場所で戦況をうかがい、そこで『ああ、これ以上続けられない』と思ったとき、いくさは終わるんだ」

突然、饒舌《じょうぜつ》になって語り始めた八戒の黒い影を前に、俺はひたすら息をひそめ、その言葉に耳を傾けた。

「だから、俺はいくさをするとき、真っ先に大将を狙《ねら》った。愚かなものでね、たいていの相手は、こちらの前衛とどう戦うかをまず考える。だが、そんなものはまやかしさ。いかにも自分たちは戦っているぞ、と周囲に向かって派手に叫んでいるだけの、下らない、子どもじみたはったりさ。唯一《ゆいいつ》の大事は、俺の精神の息の根を止めることなのに、まるでわかっちゃいない。誰もが過程を——そう過程を、命を賭《と》すべき対象として据えようとする。

そんな連中を、心の底から軽蔑《けいべつ》していたせいか、不思議と相手の考えることを読み取ることができた。だから、俺は負けなかった。それでも、軍を動かすのは演習に限られていたから、自分の考えに盤石《ばんじゃく》の自信を得るまでには至らなかった。そんなとき反乱が起きて、俺に討伐の命が下った。俺にとって初めての実戦になったわけだが……結果は、散々だったよ。俺は演習よりも、はるかに容易く相手を粉砕した。まさしく赤子の手をひねるようにね。そのとき、心の底から俺は思った。戦いとは何と馬鹿馬鹿しいものか、と。たかだか過程——相手の大将の精神を討つ過程のためだけにこんな大勢が集まって、武器を揃え、いかめしい甲冑《かっちゅう》を纏《まと》い、ひたすら殺し合う。無駄の極致さ。大将同士が面と向かって、いっそくじで勝敗を決めたって、ことの本質は何も変わらない。それをわざわざ大勢の命を注《つ》ぎこんで、壮大な茶番に仕立て上げようとする」

悟浄よ、と急に静かな語り口に変わって、八戒は暗闇から俺の名を呼びかけた。

「悟浄よ、頭のいいお前なら、きっとわかるだろう。世界をたった一つの枠組みで捉《とら》えようとする者がしばしば陥る、単純ゆえに排他的で、孤独ゆえに循環的な思考のなれの果てを。真理を得て、世界がいよいよ広がるはずが、逆に以前とは比較にならぬほど、狭隘《きょうあい》かつ不愉快なものに成り下がってしまう不幸な現実を。確かに俺は勝利を収め、多くの名誉を手に入れた。だが、いつの間にか、すべての瞬間瞬間が所詮《しょせん》何かの過程にあるような、奇妙な気持ちに支配されるようになったんだ。大勢の賞賛を浴びて、二つとない天界の珍味を味わっているときも、極上の仙酒をあおっているときも――どれほど美麗な女をこの腕に抱いているときでさえも」

俺はようやく八戒の独白の先に漂うものの形を、ぼんやりとつかみ始めていた。

「今の俺からは想像もつかないだろうが、これでもかつてはそこそこ見目も悪くない男でね。女に困ったことはなかった。だが、そこに例の考えがふっと顔をのぞかせるわけさ。こうしていい女を巡ったところで、所詮は過程ではないのか？　結局はもっといい女を抱くための、ただの段階に過ぎないのではないか？」

八戒は言葉を切ると、悲しげにため息を吐《つ》いた。

「こうして過程を貶《けな》し、現実を愛さず、終着点にのみ唯一の価値を見出《みいだ》すようになった者に訪れる悲劇的な結末なんて、もはや約束されたようなものさ。何日も続いた宴席の最後の夜だった。すっかり酔いが回った俺は、いつの間にか席を立ち、会場からふらふらと広寒宮《こうかんきゅう》へ向かっていた。俺は知っていたんだ。そこに嫦娥《じょうが》という、天界で最も秀麗と謳《うた》われる美女がいることを。だが、塀を乗り越え突然庭に現れた酔っぱらいが、相手にされるわけがない。彼女は悲鳴を上げて、逃げていったよ。もっとも、そのとき目の前にいた女が嫦娥本人だったかさえ、今となっては定かではないがな。女に逃げられ腹を立てた俺は、あとを追って奥へ濫入《らんにゅう》した。そこで西王母《せいおうぼ》の蟠桃会が開かれているとも知らずに——。あとは、お前さんが知っている通りさ。報《しら》せを受けて駆けつけた諸神に取り押さえられ、いったんは死刑の宣告を受けたが、元帥時代の功績を酌量され、槌打《つちう》ち二千ののち下界への追放に減刑された。しかし、地上に落とされる最中に誤ってブタにぶつかってしまって、このザマというわけさ」

かすれた笑い声と、ぶうという鼻息が混ざり合う向こうで、大きな影が窮屈そうに揺れていた。すでに頭上の夜光石はその輝きを完全に失っている。俺は返すべき言葉を探しながら、力なく深い闇が漂う足元に視線を落とした。胸の下に食いこむ縄目の痛みが、急に強さを増したように感じられた。

「悟能《ごのう》や――」

そのとき、三蔵法師の澄んだ声が静かに洞内に響いた。

「悟能や」

師父はふたたび八戒が観音菩薩から授けられた法名をお呼びになった。

「ならば、なぜお前はこの取経《しゅけい》の旅に加わっているのです？　西天を目指し、ただひたすら歩くだけの日々こそ、お前の嫌う〝過程〟そのものではないですか」

俺はハッとして、八戒の向こうにおぼろに浮かぶ人影を仰いだ。

「それは――お師匠様」

八戒はもぞもぞと身体を動かしながら、気恥ずかしそうな声で答えた。

「お師匠様たちとともに、旅をしているからですよ。だから、俺は逃げずにやっていけるのです」

「逃げずに？」

およそ八戒らしからぬ言葉に、俺は思わず問い返した。

「悟浄、本当は俺は知っているんだよ。過程こそがいちばん苦しい、ということをね。

さらには天界と違って、この人間界ではそこに最も貴いものが宿ることもある、ということもね――」

八戒が次の言葉を重ねようとしたとき、ずいぶん遠くのほうから岩の崩れるような、何か重たいものが衝突したような響きが、激しい震動とともに伝わってきた。次いで、大勢の妖魔たちの喚声と悲鳴がこだまとなって届いた。ああ、やっと来た、遅いよまったく、と詰《なじ》るようにつぶやいたのち、

「私はそのことをあの男から学んだのですよ、お師匠様」

と八戒はどこか笑いを堪《こら》えるような声で告げた。

「あのがさつで、乱暴者の、どうしようもない悪ザルからね」

その言葉を引き取るように、我々が捕われた空洞を塞《ふさ》ぐ、ぶ厚い扉がドンと鳴った。外部との境目が少し開いたのか、暗闇に支配された洞内にようやく明かりが入りこむ。しかし、扉の外側が妙に赤く映ることを訝《いぶか》しんだ途端、猛烈な熱風とともに扉が吹っ飛び、その向こうに轟々《ごうごう》と炎を纏った火竜が姿を現した。

「ご無事でしたか、お師匠様ッ。悟浄に八戒ッ、まだ生きているか!」

火竜の背に跨《また》がった悟空の到着を伝える大音声《だいおんじょう》が、岩をも震わすほどの勢いで洞内を駆け巡った。

＊

俺は歩いている。

俺の目の前には、見渡す限り、いつ終わるとも知れぬ砂漠が広がっている。

悟空は正面を睨《にら》みつけながら先頭で手綱を引き、馬上では師父がゆらゆらとうつむき加減に揺れている。その後ろには八戒が従い、奴が「暑い」とこぼすたび、俺の目の前で肩に担《かつ》いだまぐわの先が、落ち着きなく位置を変える。

両のわきから、背中から、ぐっしょりと汗に濡《ぬ》れる八戒の直綴《じきとつ》を背後より見つめながら、俺は金峴洞《きんとうどう》の外に出る途中、八戒が小声で放った言葉を思い返した。

「実のところ、俺は人間が住む下界に来て初めて知ったんだ。人間という生き物が変化する存在である、ということをね。おいおい、そんな妙な顔をするなよ。だって仕方ないだろ？　俺はずっと天界で、天神地仙に囲まれて生きてきたんだ。お前も知っての通り、彼らはとにかく人間とは真逆の存在だ。謂《い》わば未来永劫《えいごう》、変わらないことを義務づけられた〝絶対〟の存在だ。そこには初めから過程はない。ただ、完成された結果があるのみだ。それに対し、人間の何という未熟で脆弱《ぜいじゃく》なことだろう。こうして人間《じんかん》にふたたび生を得た途端、俺が怠け者のぐうたらに成り下がってしまったのも、過程を拒絶した者が行き着く当然の帰結だと言えやしないか？　でも、俺は今の姿が嫌いじゃない。実のところ天蓬元帥のときよりも、少しばかり今のほうが好きだよ」

耳のわきをすり抜けていく風を追って、俺は後ろを振り返る。なだらかな砂丘が幾つも重なる風景の中央に、一つの線が揺れながら続いている。その線はときどき砂に掻き消されながら、我々の足元へとつながっている。

結局、あの洞穴で、八戒が悟空の何を見て旅を続けることを決めたのか、続きを聞くことはできなかった。その後になって訊ねても、「よせやい」とすぐさま一蹴《いっしゅう》されてしまった。ただ、

「あのサルは大したもんだよ。悟空は確実に変化している。この取経の旅を経て、奴はどれほど強くなることだろう。だから俺も一つ、素直に奴を見習ってみようと思ったわけさ」

と恥ずかしそうに八戒がつけ加えたとき、俺はこの愛すべきブタがすでに新たな一歩を踏み出したことを知ったのである。

手にした宝杖《ほうじょう》で砂に線を引きながら、俺は考えた。流沙河の底で一人鬱々《うつうつ》とした時代を経て、西天を目指し師父や兄弟子たちと旅をするようになり、果たして自分のな

かの何が変わったというのだろうか。こうして最後尾に従い、無口に荷物を担ぐだけ、という消極的役割しか果たさぬ川底の石のような存在から、依然、何の脱却も果たしていないのではないか――。

「おい、悟浄」

そのとき、急に後ろから悟空の声がした。驚いて振り返ると、いつの間にか俺は先頭の悟空を追い越してしまっていた。

「どうしたんだ？」

という悟空の問いに、いや、何でもないと頭《かぶり》を振って、俺は前方に向き直った。何者の気配も感じられない、どこまでも砂に覆われた、むき出しの大地が続いていた。そこには八戒のたてがみも、埃《ほこり》まみれの師父の袈裟《けさ》も、悟空のトラ皮の腰当ても見当たらない。完全なる未開の眺めは、自分でも不思議なほど新鮮なものに映った。

俺は隣に追いついた悟空に、

「しばらく、先頭を歩いてもいいかな？」

と小声で申し出た。「ああ、もちろん」と悟空はなぜかニヤニヤ笑いながら了承した。

俺はうなずいて、悟空の数歩先へ進んだ。だが、すぐさま振り返って訊《たず》ねた。

「すまない、どうやって進む道を決めているんだ？」

「馬鹿《ばか》か、お前は」

悟空は呆《あき》れた声とともに、手綱を引いて馬の動きを止めた。

「こっちが西天ですよ、と書かれた立て札が、どこかに用意されているとでも思ったか？ ただ、自分が行きたい方向に足を出しさえすればいいんだよ！」

その言葉に、俺は刹那《せつな》、頭を思いきり打ち叩《たた》かれたような衝撃を受けた。

「好きな道を行けよ、悟浄。少し遠回りしたって、また戻ればいいんだ。もっとも、出来ることなら、最短の道をお願いしたいけどね」

という八戒の声を受けながら、俺は背中の荷物を担ぎ直した。

「わかってるよ」

誰の足跡も見当たらない、砂丘が波のように肩を寄せ合う、未踏の世界が俺の正面に広がっていた。大きく息を吸って一歩足を進めた。踏みこんだ沓《くつ》に吸いつくように寄せる砂が、やがて細かく崩れていくのを見下ろしながら、進むべき道筋に宝杖の先をぐいと差しこんだ。

その瞬間、俺のなかで少しだけ生の風景が変わったような気がした。

趙《ちょう》雲《うん》西《せい》航《こう》

太鼓がドンと鳴り、ぶ厚いかけ声とともに、楼船の側面から百足《むかで》のように突き出した櫂《かい》が一斉に水面を叩《たた》いた。流れを掻《か》き分ける櫂を追いかけるように、川面《かわも》に小さな渦巻きが生まれては、踊る泡を抱きこみ消えていく様を、男は船のへりからじっと見下ろしていたが、ドンと響く次の太鼓に合わせるように、濁った色合いの大河に向け、おもむろに小便を放ち始めた。

日がな一日、座って時を過ごしたものだから、どうも切れが悪い。何度も腰を上下させ、男はようやく用を済ませた。腰紐《こしひも》を締め、甲冑《かっちゅう》の位置を直し、階段に戻った。

楼船は、さながら箱を積むように、中央に建物を二層重ねた構造になっている。最上層を囲む板壁からは色とりどりの旗指物《はたさしもの》が立ち、この船が軍団の旗艦であることを示す「劉《りゅう》」の文字が、江水《こうすい》の風を受け、ひときわ大きくはためいている。男がおよそ十五年の長きにわたって仕えてきた旗だ。

男は甲冑を鳴らしながら、最上層まで階段を上った。すると視界の真ん中に、胡座《あぐら》をかいて腰を下ろす、巨大な後ろ姿が飛びこんできた。

「そこは俺の席だ——張将軍《ちょう》」

張将軍と呼ばれた男が丸太のような太い首をねじり、ぎょろりと大きな目玉を向けた。

「別にいいだろうが、どこに座ろうと」

そのぶっきらぼうな物言いに怯《ひる》む様子も見せず、

「髯《ひげ》殿が言っていただろう。お前さんの敷物には特別に羊の毛をたんまり詰めておいたって。いざというとき馬に乗れないと、戦いにならんぞ」

と男は冷静に言葉を返した。その声は長年の戦場暮らしのせいで、すっかり割れてしまっている。ここ数日は、川面を渡る強い風にさらわれ、自分でも少しばかり聞きづらいときがある。されど戦場では、激しい鞭《むち》となって味方の鼓膜を打ち、湧《わ》き起こる勇気とともに彼らの背中を後押しするから不思議だった。とはいえ、目の前に座る大男が敵を迎えたときに発する、まさしく太鼓を打ち叩くような咆哮《ほうこう》には、さすがにかなわないが。

「向こうの赤いほうに移れ、張飛《ちょうひ》。でないと、痔《じ》がますます悪くなる」

短気な性質《たち》なのだろう、張将軍すなわち張飛は乱暴に舌を打ち、「やかましいッ」と床板を大きな手のひらで叩くようにして身体《からだ》を起こした。出陣の朝には小ぎれいに整えられていたその顎《あご》まわりも、公安《こうあん》の港を出航してすでに十日、今や顔の下半分をびっしり覆《おお》い尽くす、見慣れた虎髭面《とらひげづら》に戻りつつある。

いかにも面倒そうに、赤の敷物に移動した張飛だったが、座るときだけは慎重に尻《しり》の位置を定め腰を下ろした。脇《わき》に抱えていた鉄兜《てつかぶと》を床に置き、大きくあくびして、目頭の目やにを親指で拭《ぬぐ》った。おそらく階下の部屋で眠りこけていたのだろう。歳《とし》も四十半ばを過ぎようというのに、その仕草には、どこか子どもがそのまま巌《いわお》の身体を得てしまったかのような、曰《いわ》く言い難いおかしみが宿っている。しかし、ひとたび戦場に出るや、この虎髭の将軍ほど常識を超えた活躍を見せる男はいない。何しろ、かつて長坂橋《ちょうはんきょう》では、押し寄せる曹操《そうそう》率いる五千の敵軍を、ただの一喝でもって打ち破った。

噂《うわさ》では、

「張飛一騎は、一万の兵に値する」

などと、今でも敵軍の間で評されているらしい。

「ひょっとしてまた朝からずっと、部屋を出てここに座っていたのか？」

張飛の問いに、男は「そうだ」と短くうなずいた。

「こんな絶壁に挟まれた河で、いくら気張っても、誰も攻めてきやしまい。見ろ、あの崖《がけ》を。どんな動物だって、羽でも生えぬ限り、降りてこられんだろう」

相変わらずくそ真面目《まじめ》な奴《やつ》だ、と皮肉混じりに付け加え、張飛は床板に広げられた地図を、上体を乗り出すようにして眺めた。

「船というものは、どうにも性に合わん。自分が動いていないと、進んでいる気がしない」

とつぶやき、しばらくの間、地図を睨《ね》めつけていたが、急に面を上げると、

「なあ、趙雲《ちょううん》よ」

と呼びかけた。

「何だ」

「今、俺たちはどのへんだ?」

男は渋い表情を浮かべ、張飛が退《の》いたあとの敷物に腰を下ろすと、

「お前は大将だろう」

と尖《とが》った声で告げた。地図の公安の地点を指で叩き、「ここが出発地だ」と前置いてから、中央部分を忙《せわ》しなく折れ曲がりながら横断する、一本の太い線上を右から左へとたどった。「今はこのあたりだ」と真ん中あたりでいったん動きを止め、さらに

線がいく筋にも分岐したのち記された、左端の「成都《せいと》」という文字まで、指を走らせた。

「まだまだ、遠いなあ」

弛緩《しかん》した響きの大将の言葉に、男は一瞬、眉根《まゆね》に神経質な表情を浮かべたが、そこに否定しようのない真実を認めたのか、

「ああ、遠い」

とどこか力のない声で応《こた》えた。

二将はどちらからともなく顔を上げると、板壁を囲む旗指物を仰いだ。「劉」の旗は忙しなく風に翻《ひるがえ》りながら、楼船が川面に描く航跡を、さらにその後ろに連なる数十の船団を見守っていた。

彼らは今、一路西を目指し長江を遡《さかのぼ》っている。

*

片や張飛、字《あざな》は益徳《えきとく》。

片や趙雲、字は子竜《しりゅう》。

同時代に一度でも剣を手にした人間ならば、必ずやこの二人の武名に聞き覚えがあったことだろう。魏《ぎ》の曹操、呉《ご》の孫権《そんけん》とともに天下に覇を競う、劉備傘下《りゅうびさんか》の宿将として、長年積み重ねてきた武勲は数知れず、「髯殿」こと関羽《かんう》と並び、その勇猛ぶりは敵味方の境を越え、もはや生ける伝説として語られるほどである。

されど、世間の華々しい称賛の声とは裏腹に、先ほどから船上の二人は、実に覇気のない表情で、口数少なく向かい合っている。もぞもぞと張飛が落ち着かないのは、痔の調子があまりよくないからだろう。趙雲も難しい表情で雲の多い夕暮れの空を見上げているが、彼の場合は実のところ船酔いである。公安の港を出てずいぶん日数が経《た》つというのに、いっこうに船上の生活に慣れることができない。本当は張飛のように、室内で休むことができたらと思う。だが、狭く区切られた部屋に入ると、急に揺れを自覚してしまう。すぐに胃のあたりが不穏な気配を放ち始め、とてもじゃないが長居できない。

三日前、趙雲は五十歳になった。

その夜、風を受けて揺れる船体の動きに寝つけずにいると、かつて父が四十歳の若さで、落馬による事故で命を落としたことを思い出した。すでに自分が父よりも十年長く生きたことを知り、趙雲は慄然《りつぜん》とした。同時に、現在の自分の状況に自然と納得がいった。成人してからというもの、ほぼすべての時間を陸《おか》の戦場のなかで過ごしてきた趙雲だった。今さら、新たな生活習慣を受け入れるには、彼の「形」というものは、あまりに強固に完成されてしまっていたのである。

それゆえ、趙雲は日中ほとんどの時間、甲板に出ている。風を頬に受けると、不思議と揺れが気にならなくなる。臓腑《ぞうふ》の底が落ち着かない感じは相変わらずだが、まだしも過ごしやすい。

先日、後続の船に用があって移ったとき、諸葛亮《しょかつりょう》が部屋にこもって平気で書物を読んでいる姿に出くわした。揺れる船の上で文字を読むなど、趙雲には到底考えられぬ行為である。いかにもこの男がしそうなことだ、とあまりに普段の印象どおりの行動に、趙雲はむしろ感心しながら、姿勢正しく手元に視線を落とす若き軍師の横顔を眺めたものである。膂力《りょりょく》を競わせたなら、いまだ瞬時のうちに、趙雲はこの蒼白《あおじろ》い書生じみた男をねじ伏せることができるだろう。しかし、ただ船上で黙って趺坐《ふざ》することでは、どうしても勝ち目がないのだから、人間というものはわからない。

河の両岸にそびえる、切り立った絶壁をぼんやり目で追いながら、趙雲は船団が向かう先を仰いだ。山脈を貫き、峡谷を流れる長江流域の眺めは、およそこれまで見たことのない峻険《しゅんけん》な地形の連続で、その迫力たるや噂に聞く以上のすさまじさである。

だが、幼少から華北の平坦《へいたん》な風景に慣れている趙雲の目には、どこか攻撃的に過ぎるきらいが否《いな》めない。張飛もはじめは、子どものように興奮して、しきりに歓声を放っていたが、二日も経つと飽きがきたようで、

「ちと、この風景はいそがしすぎる」

などとわかったような口を利《き》き始め、今はもう見向きもしない。

進路を挟む岸壁にめりこむように、夕陽が姿を消した。夜の闇《やみ》が落日を追って、西の空を覆いつつあるのを眺めていると、沓底《くつぞこ》の音が背後に響いた。振り返ると、ちょうど船の運航を担《にな》う将が階段から顔をのぞかせた。この先は急に川幅が狭くなり座礁《ざしょう》の危険も高まるので、今日はこのへんで航行を切り上げたい、と伝える将に、

「わかった、錨《いかり》を降ろせ。後ろの連中にも合図を送れ」

と張飛は胸を反らして、重々しく告げた。

しかし、いったん部下の姿が見えなくなると、

「ふああ」

と大きなため息をついて、張飛はごろりと敷物の上に横になった。

およそ二十五年前、涿《たく》の桃園にて、主君劉備、関羽とともに義兄弟の契《ちぎ》りを結んだときから、この男は今も敷物からはみ出す巨大な体軀《たいく》を、ひたすら主君の安全を守る

ことにのみ使役してきた。その紐帯《ちゅうたい》の強さは、趙雲でさえ割りこむことが憚《はばか》られるほどの、ときに狂的ともいえる性格を帯び、彼が発揮する蛮勇は実際、幾度となくあるじの命を窮地から救ってきた。とはいえ張飛もまた、趙雲と同じく、中原《ちゅうげん》を駆け回り、馬上で干戈《かんか》を交えることにのみ、己の半生を捧《ささ》げてきた男である。船の扱いなどまるで知らず、それどころか、実は泳ぐことさえままならないことを、以前、主君の口から聞かされ、趙雲は知っている。

つまり、どれほど古今無双たる勇将の資質を備えていようとも、この場所で趙雲と張飛にできることは何一つない。階下の甲板からは、慌《あわ》ただしく兵士が走り回る音が響き、太鼓がこれまでと異なった拍《はく》を打ち始めた。停止を命じる甲高い声とともに、水を掻く櫂の音がやんだとき、趙雲は急に眉根を寄せた。ふと、心の隅に、羽虫に刺されたようなかすかな不快が、ほんの一瞬ではあるが、過《よ》ぎるのを感じたのである。

趙雲は内面の声に耳をそばだてるかのように、首を傾け、ふたたび地図へ視線を落とした。次いで、張飛へと向けたところで、怪訝《けげん》な表情のまま、顔の動きを止めた。

十日前に水上の行軍が始まってからというもの、趙雲はしばしば、この不意に心を訪れては、はっきりとした形を描き出す間もなく消えていってしまう、薄《うっす》らとした水紋のような感情に遭遇していた。

はじめ、趙雲はそれを船酔いから来る、単なる肉体的不快に端を発するものだと考えていた。もしくは、陸の人間が船上での活動を通じ否《いや》が応《おう》でも痛感させられる、己《おの》が無能力への、彼生来の反発心に基づくものと思っていた。

しかし、たった今、趙雲はその出どころを、唐突に突き止めたのである。

張飛、だった。

頬杖《ほおづえ》をつき、早くもウトウトと船を漕《こ》ぎ始めている男を前に、いつもならするりと逃げ去ってしまうその感情がなぜか手元に留まっている。いや、それどころか僅《わず》かずつ、輪郭をはっきりさせつつある。

趙雲は不思議なものでも見る目つきで、まぶたを閉じたまま、顎を覆う虎髭を呑気《のんき》に掻きむしる大男の顔を眺めた。

というのも、張飛に対し、そのような負の感情を抱く理由が、皆目思いつかなかったからである。

確かに――この張飛という男を評価するとき、手放しにその人となりを褒め称《たた》えることに、趙雲も少なからず抵抗を覚える。

長年の付き合いにもかかわらず、その粗暴な振る舞いや、ときに見せる必要以上の残忍さに、己との決定的な差異を見せつけられることも多い。板壁の向こうには、物見台に立つ部下の目があるにもかかわらず、こうして大将自ら無防備な姿をさらすことも、到底、彼の潔癖な倫理観に添うものではない。

だが一方で趙雲は、自分も含め、乱世の軍人という、異常が日常に取って代わってしまった人種への寛容心をも持ち合わせている。張飛の行動を、軍人ゆえの必然と割り切って捉《とら》えることができる。それどころか、この男がときおり見せる、子どものような無邪気さこそが、その強さの源であると理解している。むしろ自分も、彼の気の抜き方を見習って、船上生活での鬱屈《うっくつ》した思いを少しでも希釈することができたら、とさえ考えるくらいだ。そもそも君子の振る舞いをする張飛など、張飛ではない。無《む》垢《く》なる蛮勇こそが彼の本質なのだ——。

そこまで考えたところで、趙雲は苦笑した。

原因を探るべきときに、相手の無実の材料ばかりを並べる自らの滑稽《こっけい》さに気づいたからである。

階下で兵士らが野太い声で合図を発し、それを追うようにひときわ大きく太鼓が鳴った。周囲の板壁とともに空気が震え、びくりと身体を揺らし目を開けた張飛は、一瞬気まずそうに趙雲と視線を合わせたが、

「ああ——腹が減った」

と呑気に頬杖の位置を直し、しわがれた声で唸《うな》った。

しばらく間を措いて、

「早く家兄《このかみ》――わが君に会いたいなあ」

と続けたとき、趙雲の胸のなかで何かが跳ねた。

船団の停止を伝える太鼓が連続して峡谷にこだまするのを聞きながら、趙雲はどこかこわばった表情で、ふたたび大あくびを始めた大将の顔を見つめていた。

＊

主君劉備が益州《えきしゅう》に招かれ、紆余曲折《うよきょくせつ》を経たのち、益州牧《ぼく》である劉璋《りゅうしょう》との戦いを始めてから、すでに二年が経つ。

雒城《らく》の攻略に手間取り、参謀龐統《ほうとう》を乱戦のなかで失った劉備だが、蜀《しょく》の地の中心である成都を目と鼻の先に捉え、ついに本拠である荊州《けいしゅう》から援軍を呼ぶことを決断した。

建安《けんあん》十九年四月、張飛、趙雲、諸葛亮をはじめとする諸将は、一万の兵を率いて公安の港を出発。長江沿いに点在する拠点を制圧しつつ江州《こうしゅう》に上陸後、陸路から成都を衝《つ》くことを目指し、遡航《そこう》を開始した。

劉備が荊州に拠点を定めてからの四年間、趙雲は専《もっぱ》ら軍の訓練に勤《いそ》しんできた。荊州じゅうをくまなく廻り、国境を接する魏の曹操、呉の孫権に備えるべく、防御陣の構築にひたすら心血を注いだ。

その間、外交的な緊張は常に存在するも、荊州は不思議な小康状態に守られていた。血の気の多い張飛などは、酒宴の席で「何だか、いくさが恋しいのう」と不用意に口にしては、よく主君の叱責《しっせき》を受けていたが、それはきっと居並ぶ諸将の隠れた本音であったろう。「腕がなまって仕方がない」とこぼす義弟を前に、静かに笑っているだけの関羽も、一皮剝《む》けば張飛と同じ心だったはずだ。かくいう趙雲ですら、酔いに任せ張飛が始めた、虎牢関《ころうかん》で呂布《りょふ》とはじめて剣を交えたときのむかし語りに、いくさの匂《にお》いを懐《なつ》かしく思い出さずにはいられなかったのだから。

根城を持たず、流浪《るろう》を繰り返してきた劉備軍の宿命として、趙雲の記憶には、勝ち戦よりも負け戦の数のほうが圧倒的に多く刻まれている。虎狼《ころう》の如《ごと》き、敵の執拗《しつよう》な追撃を逃れ、九死に一生を得て帰還したとき、身体の底から湧き起こる、

「もう二度といくさは御免だ」

という声は完全なる真実の叫びだ。だが一方で、あのいくさ前の静寂と、甲冑の内側に高鳴る鼓動、戦端が開かれるや一斉に戦場にこだまする馬蹄《ばてい》の響き——それらへ

の抗《あらが》い難き憧憬《しょうけい》もまた、悲しいかな、いくさへの真実の心なのである。

それだけに、ついに益州への侵攻の命が下されたとき、大将を任された張飛は小躍りせんばかりに巨体を揺らし、江陵《こうりょう》での留守を命じられた関羽はそれこそ歯がみして悔しがった。

城外の鍛錬場にてその一報を知らされた趙雲は、沸き立つ兵の反応とは対照的に、ほとんど表情を変えることなく、すぐさま出陣の用意に取りかかった。

「さすがは趙子竜、おぬしはいつだって落ち着いているのう」

と関羽などはやっかみ半分で声をかけてきたが、実のところ、趙雲はひとり混乱していたのである。なぜなら、心密《ひそ》かに待ち構えていた日が訪れたにもかかわらず、彼の心は、高揚とはほど遠い状態にあったからだ。

はじめ、趙雲は苦手な水上生活がしばらく続くことへの不安が、このような心的作用を引き起こしたのだろうか、と勘繰った。

次に、近く五十を迎える肉体の衰えが、精神の積極性に悪影響を与えているのではないか、と心配した。

さらには、平穏な毎日に慣れ親しんだ結果、軍人がもっとも恥ずべき、「臆病《おくびょう》」という名の病に罹《かか》ったのではないかとすら疑った。それほど、彼の心はいくさの前とは思えぬほど、ちぐはぐな色合いに染まっていたのである。

出発の二日前、趙雲は突然、供の者も連れず、夜も明けぬうちに狩りへ出かけた。これまであまたの戦場で彼の命を守り、また敵を屠《ほふ》ってきた涯角槍《がいかくそう》を脇に抱え、ひとり山に入った。近頃、化け物のように巨大な猪《いのしし》が棲《す》みつき、人を襲い、すでに三人の犠牲が出ている、という麓《ふもと》の村人の訴えを、以前に聞いていたからである。

山中をさまようこと半日、水を求め降り立った谷底の渓流で、趙雲は猪に出会った。まさに巨岩がそのまま四足を得て、双牙《そうが》を生んだような、重量五百斤《きん》はあろうかという、見たこともない大猪だった。

あまりの巨体に、思わず趙雲が怯んだ隙《すき》を逃さず、猪は猛然と襲いかかってきた。我に返ったとき、突進してくる大猪に対し、趙雲はすでに背にした弓矢を構える間合いを失っていた。

趙雲は咄嗟《とっさ》に槍《やり》を持つ手の向きを変え、思いきり腕を後ろに引いた。野蛮な息遣いを響かせ、濁流の如く視界を覆う巨大な影に、絶叫もろとも槍を投げ放った。

それと同時に、趙雲は渓流に頭から飛びこんだ。水中で矢をつがえ、ふたたび姿を現したとき、彼が見たものは、すでに川原で息絶えている大猪の姿だった。咄嗟に放った涯角槍は、見事けものの眉間《みけん》を貫き、その頭蓋《ずがい》を打ち砕いていたのである。

かくして腕の衰えとも、臆病とも無縁であることを自ら証明し、趙雲は蜀へ向かう軍船に乗りこんだ。

もっとも、軍人としての自信を回復させたとはいえ、当初の疑問が何ら解決したわけではなかった。公安を出港した軍船の舳先《へさき》から長江を眺め、やはり熱しきらぬ己《おの》が心の不可解さに趙雲は首をひねった。ただ、それらの不審は、剣を携え、甲冑を纏《まと》い、船上での日数を経るうち、いつの間にか消えていた。正確には、蜀の地に入るにつれ兵士らの出陣時の熱も収まってきたことで、自然と趙雲の精神が周囲に同化したのである。

それだけに、まるで立ち替わるかのように、脈絡なく訪れる新たな不快の理由を、趙雲は懸念《けねん》どおりに症状が現れた船酔いに求めようとした。

だが、どうやらその源は船酔いとは何ら関係ないところにあったらしい。

船団停止を命じる太鼓がやんだあと、本当に寝入ってしまったのか、敷物に頬杖をついたまま、当の張飛はぴくりとも動かない。船が停まったにもかかわらず、船酔いの気配は依然強い。眉間に難しげなしわを寄せたまま、趙雲は立ち上がると、張飛を置いて階段に向かった。甲板後部では、兵士らが数人がかりで、錨を降ろしていた。趙雲は男たちの列に割りこみ、縄にくくりつけられた大石を運ぶ作業に加わった。すでに陽は沈み、河水は急速に左右を囲む峡谷の影に包まれつつある。兵士たちははじめ、強引に割り入ってきた人物を認識できない様子だったが、その薄光りする甲冑から趙雲と気づくや、一瞬にして緊張の空気が場を覆った。

かけ声とともに錨を押し出し、盛大なしぶきとともに着水する音を聞くと、少しだけ気分が晴れた。さらにもう一つの錨へ移動する趙雲を追うように、兵士たちが慌《あわ》てて篝火《かがりび》を甲板に配置する。

赤い光が煌々《こうこう》と揺れる水面に二つめを沈め、兵士にねぎらいの言葉をかけていると、急に船の下から自分の名を呼ぶ声が聞こえた。へりに立ってのぞくと、舷《ふなばた》に連絡用の小舟が近づいてくるのが見えた。部下の一人が篝火を掲げると、小舟の舳先に立つ、ひょろ長い影が浮かび上がった。

「やあ、子竜どの」

羽扇《うせん》を胸の前に添え、ひどく鼻の詰まった声とともに、諸葛亮はうやうやしくお辞儀した。

＊

「どうなされた、軍師どの」

「あちらの洲《す》に上がりませんか？　今宵《こよい》はそこで食事を取るのはいかがでしょう」

と諸葛亮は手にした羽扇で、船の左岸を指し示した。その先には、狭い洲が黒い影となって広がっている。安全は確認していますと告げる諸葛亮に、「了解した、行こう」と趙雲はうなずいた。

「張将軍もご一緒にいかがです？」

「あれは寝ているから、放っておけばよい」

縄を伝って、趙雲はするすると小舟に降り立った。その答えに諸葛亮は笑いながら、漕ぎ手に岸へ向かうよう告げた。

「それにしても、ひどい声だな。軍師どの」

「風邪を引いたようです。夜は特に底冷えしますからな。土地が変われば、気候も変わる。気をつけてはいたのですが、情けない限りです」

羽扇で顔の下半分を覆い、諸葛亮はずずと洟《はな》をすすった。

「趙雲どのはいかがです？　治まりましたか？」

問いの意味が即座につかめぬ趙雲に、諸葛亮は羽扇の上からのぞく目を細め、

「船酔いですよ」

と空いている手で、胸のあたりをさする真似《まね》をして見せた。

普段から極力感情を表に出さぬよう心がけている趙雲だが、思わず目を見開き、

「え」と声を発してしまった。

「見たら、わかりますよ」

諸葛亮はゆらゆらと羽扇をあおぎながら、簡単にうなずいて見せた。

これまで決して誰にも教えてこなかったことである。急に険しさを増した趙雲の視線から逃れるように、諸葛亮は岸に乗り上げた小舟から軽やかに飛び降り、さっさと洲を歩き始めた。

狭い洲ながら、すでにあちこちに兵士が上陸し、かまどが設けられ、さっそく食事の用意が始まっている。

「こちらへ」

という諸葛亮の招きに従って、趙雲は奥へ進んだ。ほとんど垂直に切り立つ断崖《だんがい》の足元に、篝火に照らされ、いつの間にか敷物が準備されていた。

腰を下ろしたとき、久々の感触に趙雲はかすかな安堵《あんど》のため息をついた。敷物から伝わる大地の感触はやわらかくさえあり、改めて自分に相応《ふさわ》しい居場所を確認できた。差し出された薄い茶を飲んで空を仰ぐと、雲が晴れ、峡谷の合間にぽっかりと欠けた

月が浮かんでいる。方々から立ち昇るかまどの煙が、月明かりに照らされ白々とたゆたう。周囲に響く大河の流れは穏やかで、刹那自分たちがいくさへ向かう途中であることを忘れてしまうほどだった。

簡単な食事が運ばれ、趙雲は諸葛亮と今後の行程について打ち合わせた。主君劉備が入蜀して以来、諸葛亮はこの遠征のため、船の準備から、兵站《へいたん》、水手《かこ》の手配まで、計画のすべてを取り仕切ってきた。すでに劉璋とのいくさが始まって二年余、途中の拠点は事前の工作によって、皆寝返りの確約を得ている。実際の戦闘は江州に上陸するときから始まるといってよさそうだった。

「江州を落としたら、さらに子竜どのには江陽《こうよう》まで足を伸ばしていただきます」

「それは――馬で行くのか？　それとも、船か？」

「残念ながら、船です」

その答えを聞き、趙雲が無言のまま咀嚼《そしゃく》を続けるのを見て、

「子竜どのでも、苦手なものがあるのですな」

と諸葛亮は遠慮なく笑った。あまりにあっけらかんと物を言うので、趙雲は怒る気にもなれず、「知らん」と椀《わん》を一気にかきこんだ。

諸葛亮が劉備軍の一員に迎えられ、すでに七年の歳月が経つが、趙雲がこうして諸

葛亮と二人で長く話すのは、実ははじめての経験だった。

平時は主に行政の仕事に携わっている諸葛亮とは、もとより活動の場所も異なる。顔を合わせる機会も、半年に一度か二度の酒宴の席くらいしかない。そのときも、武官の常として、諸葛亮ら文官連中は、自分たちが理解できぬ言葉を操り、机上の空論を好んで弄《もてあそ》んでいる——という偏見を趙雲自身も少なからず抱いているため、積極的に関わろうという気にはならない。

そもそもこの諸葛亮という、劉備軍のなかでもひときわ異彩を放つ存在を、趙雲は以前から苦手に感じていた。彼の場合、その登用の経緯からして、「過去の経歴を何ら持たない、三十歳にも満たぬ浪人が、いきなり劉備自らに抜擢《ばってき》され、軍師の席を与えられる」というおよそ考えられぬものだった。にもかかわらず、それを当人はまったく当たり前のこととして、どこまでもあっけらかんと振る舞い、まったく遠慮というものがない。諸葛亮自身は、決して主君におもねったり、権勢を振りかざしたりはしない。それどころか、その能力は抜きんでて高く、行政の効率はここ数年で劇的に改善されたと聞く。だが、ときどき伝え聞く彼の言動に、趙雲は「新しい連中」によく見受けられがちな、過剰なまでの自己表現の巧みさを感じずにはいられなかった。

つまり、およそ自分とは関わりのない人間と割り切って、これまで趙雲は諸葛亮と付き合ってきた。

もしも船酔いの症状が見られなかったなら、諸葛亮の誘いに対し、趙雲が首を縦に振ることはなかっただろう。期せずして膝《ひざ》をつき合わせ、食事をともにしながら、こうして若き軍師の鼻声に耳を傾ける機会を得た。その結果、趙雲が知ったことは、かつて劉備が、

「大才がそばにいると、世の中が広く見晴らせてよい」

と諸葛亮を評して口にした、その意味である。

「成都の北西、羌《きょう》族が住むあたりに、全身が白なのに、手足と耳、目の周囲だけが黒い毛に染まった熊《くま》が住んでいるそうです。性格は穏やかで、笹《ささ》しか食べないという実に変わった熊です。成都を陥落させたのちにはぜひ一度、この目で見てみたいものですな。いや、飼ってみるのも一興かもしれません」

と嘘《うそ》か真《まこと》かわからぬような話を急に始めたかと思えば、

「成都の夏は、甑《こしき》のなかに住んでいるかのように、ひどく蒸した暑さでしてね。日の出は遅く、天気も悪い。夏の間はそれこそ、ほとんど曇り空で、洗濯したものを乾かすのにひと苦労です」

とまるで訪れたことがあるかのように語る。実際のところを訊《たず》ねてみると、

「いえ、幼少の頃、いくさを逃れて徐州から移ってきて以来、これまで荊州を出たのは、柴桑城《さいそう》に孫権公を訪ねた一度きりです。あ、この遠征で二度目ということですな」

などとあっさり言う。それでも、諸葛亮の話を聞いていると、それまで遠い異国にしか感じられなかった蜀の地が、急に身近なものに感じられるから不思議だった。

明らかにこの男は、これまで趙雲が接してきた劉備配下の輩《ともがら》とは、別種の人間だった。趙雲はあくまで自らの手が握る槍と、その穂先が接する範囲の内でしか、物事を信じぬ人間だ。しかし、諸葛亮はまるで大陸そのものを掌《たなごころ》に置き、それを俯瞰《ふかん》するかの如く話をする。今まで、趙雲にとっては地図上に茫洋《ぼうよう》と広がる余白でしかなかった蜀の地を、まるで部屋を出てすぐに広がる中庭か何かのように伝える。

手にした椀から昇る湯気にあてられたせいで、洟が止まらないらしく、言葉を切るたびに、諸葛亮は盛大にずうずうとすすって、先ほどから聞き苦しいことこのうえない。しかし、この男こそが、遥《はる》か蜀の姿を主君に伝え、それまで誰も相手にしてこなかった辺境の地の重要性を、一気に明らかにしたのである。

なるほど、この男にはいかなる赤兎馬《せきとば》も要るまい。なぜなら、彼の目が千里を羽ばたく鳥そのものと化すからだ。そのことを十分に理解したうえで、主君劉備がこの男を用いていたことに、趙雲は今さらながら少なからぬ衝撃を覚えた。自分はもちろん、関羽、張飛といった、数々の戦場をともにしてきた古参の部下からは決して得られぬ成果を、劉備はこの一見ひ弱な書生にしか見えぬ男に求め、確かな回答を得ていたのだ。趙雲はそこに明確な時代の変化と、新しい世代が勃興《ぼっこう》しつつある現実を、一抹のさびしさとともに認めざるを得なかった。

「ところで——ここだけの話ですが、子竜どのは蜀へ攻め入ることに、あまり賛成ではありますまい」

急に話を変えてきた諸葛亮の言葉に、口に近づけようとした箸《はし》の動きを止め、趙雲は「なぜ？」と訝《いぶか》しげな視線を向けた。

「いえ、子竜どのは、攻めこむならば、北の魏と強く決めていたのではないか、と思いまして」

「いや——そんなことはない。そもそも、どこに攻め入るかなど、私の意思うんぬんの話ではあるまい」

と趙雲は首を横に振ったが、諸葛亮は相手の言葉をまるで聞いていないかのように、

「無理ですよ。北は」

と低い声で告げた。

「今はどうやっても、魏には勝てません。蜀を得て、国力を備えてはじめて、魏とは対等に勝負ができます」

「どうして……軍師どのは、そんなことを急におっしゃるのだ？」

「子竜どのの兵の配備を見たらわかります。もちろん、呉とは同盟関係にありますから、残る魏に多くを割くのは当然かもしれませんが……、なかなか私が進めていた蜀入りの準備に、人手が回ってきませんでしたからな。それに、出陣のときも、どこか気の晴れない表情をされていた」

と諸葛亮は洟をすすりながら、何事もないように語ったが、趙雲は背中をひんやりするものが通っていくのを感じた。

「いやいや、それは貴殿の誤解だ」

と慌てて否定する趙雲に、

「蜀は不思議な土地です」

と諸葛亮は椀をひと口すすり、つぶやいた。

「ここに至るまでの、この世のものとは思えぬ峡谷の風景に、私もしばしば、この霞《かすみ》を抜けたら仙人の国にでも迷いこむのではないか、と疑ったくらいです。確かに蜀は、荊州より格段に鄙《ひな》びています。ましてや中原とは比ぶべくもない。それでも、私は蜀に賭《か》けています。もう、荊州に戻るつもりはない」

諸葛亮は急に語気を強めたかと思うと、

「私はね、確かな自分の国が欲しいのですよ、子竜どの」

とまっすぐ趙雲の顔を見つめた。

「正確には、国というより、故郷なのかもしれません。私には故郷というものがない。生まれ育った場所は、戦禍にまみれ村ごと失われました。今ある荊州も、あくまで呉から借りている土地です。今後、孫権公との関係次第ではどうなるかわからない。私は誰からも認められる、未来永劫《えいごう》平和に続く自分の国を、故郷と言える場所を持ちたいのです。だから、私は蜀にすべてを賭けている」

その切れ長な瞳《ひとみ》から向けられた強い眼差《まなざ》しを、趙雲は当惑した思いとともに受け止めた。すぐに言葉の接ぎ穂を見出《みいだ》せない趙雲に、

「子竜どの国は、どちらでしたか？」

と諸葛亮は鼻声で訊ねた。

「常山《じょうざん》だ」

と短く答えたとき、椀を口元に持っていこうとした趙雲の手の動きが止まった。

刹那、大地の感触に包まれ、ようやく船酔いの気配が消え去ろうとしていた趙雲の

心に、あのかすかな、ささくれを引いたような不快がまたも訪れたからである。

まるでそのことに気づいたかのように、諸葛亮は急に口を閉ざした。二人の間に沈黙が流れ、粛々と峡谷にこだまする大河の響きが、急に音量を増したように感じられた。趙雲は背後の篝火に照らされた、己の無骨な手のひらを見つめた。峡谷を吹き抜ける風が、洲の上に引かれた二人の影を揺らしていく。出来上がった食事を船へと運ぶ兵士らの威勢のいいかけ声を聞きながら、趙雲はいまだ胸にくすぶる不快の正体に、静かにたどり着こうとしていた。いや、正確には向こう側から、漂い流れてきたと言うべきか。

「まったく――何もかも軍師どのはお見通しなのだな」

というつぶやきを、ひどく割れた声で放った。

「え、何です？」

「そろそろ、失礼する」

諸葛亮が驚いた顔で、

「今日はここでお休みください。私が船に戻ります。子竜どのは、どうかこちらでごゆっくりと――」

と請《こ》うたときにはすでに、趙雲は立ち上がり、砂利の上を歩き始めていた。

洲に乗り上げ停まっている小舟を河へ押し出し振り返ると、敷物の上に立ち尽くす諸葛亮の姿が見えた。

「風邪をこじらせぬようにな、軍師どの」

と手を振り、趙雲は小舟に足を踏み入れた。慌てて乗りこんできた漕ぎ手に、楼船に戻るよう低い声で告げた。

＊

最上層では、張飛が先ほどまでと同じ場所に座り、茶を飲んでいた。ちょうど食事を終えたばかりの様子である。自分の敷物の前に膳《ぜん》が置かれているのを見て、趙雲は洲に降りて食事を済ませたことを伝えた。案の定、

「なら、俺がいただいていいか」

ときたので、趙雲は腰を下ろし、膳を張飛の前に押し出してやった。

この大食漢の大将は、常に自分の膳に二人分の食事を用意させる。すでにそれを平らげたにもかかわらず、何ら衰えない食欲で、張飛は趙雲の膳を片づけていった。

「そういえば、子竜――お前さん、最近五十になったそうだな」

「ああ、そうだ。だが、あまり言うな」

「むかし雲長《うんちょう》が、五十になったらいつ死んでも仕方ないと思うようになる、と言っていたが、お前さんもそうなのか？」

雲長というのは関羽の字《あざな》である。趙雲は腕を組み、

「それはもう、この世に思い残すことがなくなる、ということか？」

と訊ね返した。

「さあ、わからんな。あの髯親父《おやじ》は柄にもなく詩人ぶるのが好きだから、格好つけてそんなことを言っているだけかもしれん。俺は、ええと――あと四年で五十か。とてもじゃないが、そんな殊勝なことを考えるようになるとは思えんな。俺はもっといい女を抱きたい。まだまだ戦場で暴れ回りたい。うまい酒も飲みたい。百年生きても、きっと足りんわい」

と言って豪快に笑った。

「なあ、張飛よ」

「何だ？」

「お前は故郷を懐かしんだりすることはあるか？」

張飛は「急にどうしたのだ？」とでも言いたげに訝しげな眼差しを向けると、

「故郷？　親父とじいさんがやってた涿《たく》の肉屋のことか？　どうして？　あんなところが懐かしいわけがないだろう」

といかにも腹立たしげに答えた。

「そうだなあ――俺の故郷は、言ってみれば家兄《このかみ》よ。二十五年前に涿を出てから、ずっと一緒にいるわが君こそが、そう、俺の故郷そのものだ」

張飛は早々に膳の上を片づけると、自分の言葉に酔ったかのように、

「つまり俺は今、一目散に故郷に向かっているってことだ」

と紅潮した頬で告げた。

趙雲は一瞬、さびしげな笑みを目元に浮かべると、隅に置かれたままの兜を手に取り、腰を上げた。

「どうしたんだ？」

「もう寝る」

「どこか具合でも悪いのか？」

「いや、どこも悪くない」

趙雲は張飛に背を向けると、「食事はもう少し、味わって食べろ」と言い残し、階段を下りた。

兵士たちはみな下の層で食事しているのだろう。人気《ひとけ》のない甲板を進み、趙雲はへりに立った。足元に兜を置くと、舷を叩《たた》いては割れていく暗い河水に向かって小便を始めた。

長江を下ってくる風を受け、船はかすかに揺れている。自分の放ったものの軌道が、風に吹かれ、ゆるい弧を描くのを見つめながら、趙雲はふたたび船酔いの感覚がじわじわと胸元のあたりに復活してくるのを感じた。

最後に腰を上下させ、峡谷の空を仰いだ。月の位置から故郷のある北東の方角を求め、視線を向けた。

趙雲の故郷は、常山郡真定《しんてい》である。

十七歳で家を出てからこれまで、故郷に戻ったのは一度きり、父親の葬儀のときだけだ。以来、村を訪れたことはない。

諸葛亮の口から故郷という言葉を聞いたとき、趙雲はようやく己の声に気がついた。船上の人間が、ときに周囲を圧しているはずの川音の存在を忘れてしまうように、あまりに長い間、耳の隣でささやかれていたがゆえ、逆に忘れてしまっていた声の存在を、諸葛亮の言葉が突如として浮かび上がらせてくれたのである。

三十年以上も前のことだ。父母から農作業をもっと手伝えと叱《しか》られた、たったそれだけのことで、十七歳の趙雲は家を飛び出した。

名を上げ、ひとかどの人物となって父母を見返す、そんな青臭い思いに支配され、村を去ったはずだった。しかし、三年後、父の葬儀の際、趙雲は村を見下ろす丘で、その様子を人目を忍びうかがうばかりだった。一見して、無頼の徒とわかる己の姿を、とても母や兄弟に見せることなどできなかったのである。

それから趙雲は、故郷の存在を人知れず心の隅に置いて生きてきた。いつか、華々しく帰還する日を、流浪の軍の一員として劉備を支えながら、待ち望んできた。

なぜ、益州への出陣の知らせに心躍らせることができなかったのか？　それは、この遠征により、自分が故郷を完全に失うことを、心のどこかで理解していたからだ。長江から北へ、黄河を越えてさらに北へ、はるか三千里の先に常山はある。諸葛亮が今の力では決して勝てない、と語った魏の彼方《かなた》だ。一度蜀の地に根を張ったなら、もはやその距離は絶望的なものになる。

なぜ、自分は張飛に不快を感じたのか？　それは「家兄《このかみ》こそが故郷」と胸を張る張飛に、無意識のうちに嫉妬《しっと》の心を抱いていたからだ。「蜀にすべてを賭ける」と決意を示した諸葛亮も然《しか》り。彼らにとっての大事は、自分が現在立つ場所でも、歩いてきた道でもない。明日から自分を支える心がどこにあるか、その一点にある。つまり、彼らはこれから心を置くべき場所を見つけることに成功したのだ。ゆえに、見よ！　彼らの希望は長江の先に、あかあかと光を放っているではないか。

いつの間にか、かげろうのような不快は、深い哀《かな》しみとなって、はっきりと趙雲の心の底で渦巻いていた。関羽は五十を迎えたら、いつ死んでも仕方がない、と語ったという。二度と戻れぬ場所を心に置きながら死ぬというのは、ずいぶん惨《みじ》めだと心でつぶやきながら、趙雲は甲冑《かっちゅう》の位置を整え、兜《かぶと》を拾った。部屋に戻るつもりが、いつの間にかその足は部屋とは反対の舳先へ向かっていた。風に煽《あお》られ、船が揺れた拍子に、急にこみ上げてきた胸元のむかつきに耐えながら、舳先に立った。ふたたび床板に兜を置き、代わりに目の前の太鼓から二本の枹《ばち》を手に取った。

ドン、と一つ太鼓を鳴らした。

びりりという空気の震えが、頬の表面を走り、耳の内側へ伝っていった。

また、一つ鳴らした。

懐かしい常山の風景が脳裏に広がった。雄大な華北平原の眺めがまぶたに浮かんだ。果たして常山の人々は、劉皇叔麾下《こうしゅくきか》の趙なる人物が、あの「悪たれの子竜」と知っただろうか？　母の耳に、その後の自分の活躍は届いただろうか？　もしも届いたならば、親不孝の極みを尽くした我が身を、二度と戻ることのない息子を、母は許してくれただろうか？

気がついたとき、左右の枹を交互に打ち下ろし、趙雲は盛大に太鼓を鳴らしていた。何ごとかと背後の甲板に、兵士たちが集まってくる気配を感じた。ざわめきの向こうに、「何している、子竜」と叫ぶ張飛の塩辛声を聞いた。それでも趙雲は太鼓を打つことをやめなかった。すでにおぼろとなった父と母の顔をまぶたに浮かべながら、奥歯を嚙《か》みしめ、めいっぱいに太鼓を打ち鳴らし続けた。

虞《ぐ》姫《き》寂《じゃく》静《じょう》

そのとき、男は女の腕《かいな》に抱かれ、眠りについていた。

ただ、あまりの大男であるため、頭もそれ相応に大きい。そのまま仰臥《ぎょうが》し、寝台に腰掛ける女の太ももに頭を置くとなると、彼女の細い身体《からだ》では支えきれぬ。薄い肉を経て、そのうち骨が痛む。ゆえに、男みずから敷物を丸め、枕《まくら》として首の下に挟み、結い上げた頭頂部だけを女の太ももにのせ、寝台に残りの長い身体を伸ばした。

女は片手を男の額に置き、もう一方の手を髭《ひげ》に覆《おお》われたおとがいに添え、腕で男の輪郭を囲うようにして、床に伸ばした足の先でゆっくりと拍を取っている。部屋は狭く、薄暗い。寝台の横で灯《ともしび》が頼りなげに光を放ち、壁に音もなく影が踊る。それを眺めながら女は鼻歌を奏《かな》でる。幼い頃、母が歌ってくれた子守唄《こもりうた》だ。ただし、言葉は発しない。詩のなかに、今は亡《な》き国の名がほんの一瞬、混じっているからだ。女はその国の名に、何の思い入れも持っていない。だが、男はその国を骨の髄まで憎み、数十万の兵馬を率いて完膚無《かんぷな》きまでに叩《たた》き潰《つぶ》した。

もしも、毎晩眠りにつくために聞かされる歌の詩に、己が忌《い》み嫌った国が登場すると知ったなら、果たして男は怒るだろうか。ただ豊かな川の流れを、国の名とともに称《たた》えるだけでも、男は怒るだろうか——。女は男の力強く引かれた眉《まゆ》に、そっと指を這《は》わせる。きっと、今の男なら怒らない。それを知らされても、物憂《ものう》げな眼差《まなざ》しひとつを送るだけで、黙って目を閉じるような気がする。それだけ、男はやさしくなった。もはや新調ままならぬ女の白い上衣《うわぎ》が日々、少しずつ汚れていくのを見て、男はときどき悲しそうな顔をする。すまぬ、と女のか細い首の後ろに、ざらついた手のひらを置く。かつてはそんな顔をする王ではなかった。それだけ、男は弱くなった。

帳《とばり》に仕切られた向こう、暖房代わりに火を入れた竈《かまど》の内側で、燃え尽《や》きた薪がかさりと音を立てて崩れた。男が眠ってからも小さく奏でていた鼻歌を止め、女はふと顔を上げた。絹をあてたかのように白く滑らかな女の眉間《みけん》に、かすかな影が寄る。少しだけ首を傾け、女は耳を澄ませた。

何かが、聞こえる。

はじめは風が鳴っているのかと思った。

しかし、風よりもずっと低い、さらにはずっとぶ厚い、押し包むような音が壁の向こうから伝わってくるのを感じたとき、女は拍を取る足の動きをやめた。

起こすべきだろうか、と視線を落とした先で、すでに男が目を開いていた。長い睫毛《まつげ》が二度、三度と上下し、潤《うるお》いを湛《たた》えた瞳《ひとみ》に、灯の歪《ゆが》んだ光が反射する。

「虞《ぐ》よ」

と男は声を発した。

はい、と女は硬い表情でうなずいた。

「汝《なんじ》にも、聞こえるか」

「はい、大王さま」

男はしばらく黙りこんだのち、

「これは夢ではないのだな」

とかすれた声でつぶやいた。

女が返そうとするより早く、男は身体を起こした。腹までかけていた毛皮が滑り落ち、広い男の背中が女の視界を塞《ふさ》ぐ。外から聞こえてくる音は、すでに調べを帯び、ひとつの歌のようなものを形作りつつあった。男は立ち上がった。大王さま、と呼びかけるも、気がつかない。もう一度、呼ぶと、

「汝は、ここにいよ」

と短く告げ、振り返りもせず、幕を潜《くぐ》り隣の部屋に向かった。扉が開く音とともに、それまでくぐもった音のかたまりでしかなかったものが、はっきりとした歌声に姿を変えた。女は床に落ちた毛皮を拾い上げ、急いで男を追った。開け放されたままの扉から遠慮なく流れこむ冷気を抜け、暗い戸外へ飛び出した。

いつの間にか、男たちが集まっていた。不思議なことに誰も動かず、誰も声を発さず、ただ木偶《でく》のように突っ立ち、虚空《こくう》にぼんやりと視線をさまよわせている。男の登場とともに、急ぎ用意された篝火《かがりび》の明かりが、まるで歌の抑揚に合わせるかのように靡《なび》いて揺れた。味方からではない。この丘を囲む、何十万という敵の陣から歌は生まれていた。湧《わ》き立つような響きとともに、それが四方から押し寄せてくる。

女の知らぬ歌だった。どこか陰鬱《いんうつ》で抑制された耳慣れぬ音調を、女は白い息を吐き出し、こわばった頬とともに聞いた。はじめは互いを探り合うようだった歌声が、少しずつ勢いを得て、ついには天まで届かんばかりに力強く合わさったとき、眼前の大きな背中がびくりと震えた。女は思わず手にした毛皮で、その背中を覆った。

「楚《そ》の歌だ」

肩に置かれた女の手に触れ、男は振り返った。

「楚にいる年老いた母が、妻が、我々の帰りを待っている、という歌だ。儂《わし》の故郷の歌が、敵の陣から聞こえてくる。これまで儂の味方だった者たちが歌っている」

男の声を掻《か》き消し、さらに鳴り渡る歌の波は、いったんの終わりを迎えたのか、やがて静かに引いていった。代わって聞こえてきたのは、男を囲んで立つ兵たちのすすり泣く声だった。

背中にかけられた毛皮をつかみ取り、男は「冷える」と言って女の身体をくるんだ。ふたたび歌が頭から始まり、女の華奢《きゃしゃ》な肩に置かれた男の手に力がこもる。つい声を漏らしそうになるほどの強さに、女は驚いて男の顔を見上げた。

その切れ長な瞳の奥に、篝火の光が奇妙なくらいに揺れているのを認めたとき、女は男が泣いているのだと知った。

＊

女は咸陽《かんよう》の都で男に出会った。

女を男の前まで連れてきた老人は、今後、男を「大王さま」と呼ぶようにとだけ教え、音もなく部屋から立ち去った。そのひと言で、女は目の前に座る男の正体を理解した。この都で大王と呼ばれる人物と言えば、秦《しん》という国を滅ぼし、女が住む咸陽の新たなあるじとなったばかりの若き将軍しかいない。

女と部屋に二人きりになっても、男は椅子《いす》に座ったまま、ひと言も発しなかった。

長い沈黙が続いたのち、ゆっくりと男が立ち上がった。

「儂は項羽《こうう》だ」

見上げるほどの巨軀《きょく》だった。戦うためだけに生まれてきたかのような、強靱《きょうじん》な骨格と、隆々たる筋肉を、たとえ上衣越しであっても容易にうかがうことができた。しかし、男の声は女の想像していたものより、よほど穏やかだった。むしろ、女が怯《おび》えぬよう気を遣っているかにさえ聞こえた。己の胸のあたりに位置する、戸惑う女の顔をのぞきこみ、

「汝は、今日より虞と名乗れ」

と短く命じた。

女はもちろん、親から与えられた名を持っていた。しかし、後宮の使い女であるとひと目でわかる、決して上等ではない衣装を纏《まと》う女を、咸陽の後宮から連れ出し、この場に導いた范増《はんぞう》という老人は、

「もしも、王から新たな名を授けられたときは、以後その名とともに生きよ」

とだけ伝え、そもそもの女の名を訊《たず》ねようともしなかった。

「虞よ」

老人の言のとおり、男は女に名を与えた。

それを受け、かすれた声で「大王さま」とうなずいたとき、女は男のものになった。

翌日、男は咸陽に火を放った。

三日三晩、炎は燃え続け、この世の栄華を極めた秦の都はただの灰燼《かいじん》に帰した。女の父は、始皇帝の死後、各地で続けざまに起きた反乱の鎮圧に兵として狩り出され、行方知れずとなった。果たしてこの猛火のなか、ひとり都城の隅に暮らす母が無事に生き延びられたのかどうか、女に確かめる術《すべ》はなかった。母は娘が新たな王の陣に招かれたことを知らなかった。娘は王が都を焼くつもりであったことを知らなかった。王の移動に合わせ車に乗せられ、外界を目にすることなく関中《かんちゅう》をあとにしたときようやく、すでに咸陽が大地から消え去ったことを教えられた。

それから四年、女は男と陣をともにし、常に寵姫《ちょうき》としてその側に侍した。東へ、北へ、西へ、敵と干戈《かんか》を交えんがため、男はひたすら戦塵《せんじん》のなかに身を投じた。一度、反逆を企てた相手に対し、男は非情の極みと言ってよいほど、凄惨《せいさん》な報復を加えた。一方で、味方に対しては、どこまでも深い慈愛の念を注ぎ、戦場では必ず先頭に立つことで、彼らから命を預けられた責を果たそうとした。男の軍はおよそ、負けるということを知らなかった。あるじの激情が乗り移ったかの如《ごと》く、兵たちはよく戦い、一兵卒に至るまで勇敢な王への忠誠を篤《あつ》く誓った。

騅《すい》という名の愛馬に跨《また》がり、戦場に立つ男の姿は、まさに厳《おごそ》かで静寂なる覇王の風格を誇っていた。されど、鐙《あぶみ》を蹴《け》り、一度馬を走らせた瞬間、男は狂に染まった。ときに殺戮《さつりく》をほしいままにし、ときに二十万もの無辜《むこ》の民を阬《いきうめ》にした。女が咸陽から出て過ごした四年の間、男はほぼすべての時間を戦いに費やした。戦場での非情な振る舞いを女が耳にすることもしばしばだったが、その荒ぶる性《さが》を、男は決して女の前で見せようとはしなかった。寝所にて、腕の中に囲いこんだ小さな身体を愛《いと》おしむように、

「虞よ」

と王がささやきかけるとき、女は言葉の裏側に宿る男の確かな心を、己を求める強い熱情を感じ取ることができた。

咸陽の夜から変わることのない、男から贈られる情愛の深さの理由を、はじめ女は推し量りかねた。後宮にはそれこそ国じゅうから集められた美しい女が充《み》ち満ちていたにもかかわらず、なぜ、ただの使い女である己が選ばれたのか――。女は一度だけ、あのときの老人に訊ねたことがある。おそらく、検分のためだったのだろう。兵を大勢連れ、咸陽の後宮の中庭に乗りこんできた范増は、部屋の窓から同僚とともにその

様子を眺めていた女の顔を認めるなり、有無を言わさず王の陣へと連れ出した。

「虞美人よ」

七十を優に超えていると聞く范増老人は、女の前に恭《うやうや》しく頭《こうべ》を垂れたのち、

「貴女《あなた》さまの心には、互いに相容《あいい》れぬ二つの川が流れているようじゃ」

とほとんど歯の残らぬ、しわだらけの口から、ひどく聞き取りにくい声を発した。

「もしも、己の疑心が正しかったならば――、何かの間違いで己が選ばれたのなら、今の富貴はいつか消え失《う》せるやもしれぬ。つまりは、これはうたかたの夢なのだ――、と不安の源をいっそ肯定してしまいたい気持ちと、いいや、王の愛情の深さは真実真正のもの、決してかりそめの戯《たわむ》れ心などではない、とそれを否定したい気持ちが、同じ鼎《かなえ》の中で混ざり合い渦を巻いておる。だが、虞美人よ。貴女さまは、今という現実に何よりも満足しておられるのだろう。ならば、何を考えることがあろうか。貴女さまに大事なのは、過程を知ることではない。不安を弄《もてあそ》ぶことでもなく、ただ、その先に訪れた結果を受け入れることじゃ。王は情の深い御方だ。貴女さまがお慕いする限り、必ずその想《おも》いに応《こた》えるだろう」

老人は胸元まで垂れた、いかにも貧相な白髯《はくぜん》を撫《な》でつける指をひょいと女に向けた。結い上げた髪に艶《つや》やかな色を放つ、王からの贈り物である玳瑁《たいまい》の簪《かんざし》を指差し、

「しあわせで、あられよ」

と真っ黒な口でひとり呵々《かか》と笑った。

范増が世間話も含め、女の前に足を止め、その江南の訛《なま》りが強い声で言葉を交わしたのは、後にも先にも、この一度きりだった。

劉邦《りゅうほう》率いる漢との長い戦いに明け暮れるなかで、ある日突然、老人の姿が陣から消えた。

その理由はいっこうに定かにならず、病を隠し勤めていたが死期を悟り故郷に戻ったと言う者もいれば、鴻門《こうもん》の会で漢王劉邦を殺す決断をしなかったあるじへの非難をやめず、ついには項王の堪忍袋《かんにんぶくろ》の緒が切れ、追放されたのだと言う者もいた。いや、これは項王と軍師の仲を割く、劉邦による離間の計であり、まんまとその策に嵌《はま》ったのだと言う者もいて、女が真相を見極めるのは容易なことではなかった。閨房《けいぼう》では決して表向きの話をせぬ王に、女から老人のことを口にすることはなかった。ただひとつ明らかなのは、王自ら亜父《あふ》として敬い、一軍の頭脳として重用してきた范増を失ってから、男の将星の輝きに、急速な翳《かげ》りが見られるようになったことである。

「七十余戦し、未《いま》だ嘗《かつ》て敗北せず」とは巷間《こうかん》に数多《あまた》伝えられる王の武勇を称える言葉のうち、もっとも女が好むものだった。これほど、男の強さを端的に示す言葉はなかった。これほど、男の前途を明らかに照らす言葉はなかった。

なのに、と女は思う。敵と見《まみ》え、たった一度の戦いにも負けたことがない王が、こうして今、垓下《がいか》などという、民家がわずかに肩を寄せ合うだけの丘に押しこめられている。丘を取り囲む数十万の漢軍からは、味方であったはずの兵による故郷の歌が聞こえてくる。吹きすさぶ寒風に晒《さら》された髭に霜を張りつけ、目に涙を溜《た》めたまま、男たちは先ほどからひと言も発しない。それらはいったい、なぜなのか?

不意に、女はほんの間近まで忍び寄る、死というものの気配を嗅《か》ぎ取った。女は王の顔を仰いだ。口元を固く閉ざし、男は闇《やみ》の向こうに浮かぶ、敵軍の篝火の海を睨《にら》みつけていた。女の心に、恐れはなかった。惑いもなかった。男は最後まで武人としての誇りを失うことなく、その生を全うするだろう。ならば己も、この世でただひとり覇王に愛された女として、跡を濁さず去るのみではないか。

*

依然、四面からの楚歌はやまない。

男に従い屋内に戻ったのち、着物に染《し》みついた冷気が抜けていくのを、女は寝台に腰掛け、ぼんやりと待った。

仕切りの幕の向こうからは、王の声が聞こえてくる。酒宴の準備に取りかかるよう指示を受けた近侍の者が外へと走り去り、男はまだひとり残る従僕を前に、その長い腕を横に広げた。

ちょうど斜めに垂れ下がった帳の布に隠れ、女の位置からは、男の身体の半分しか見えない。従僕が運んできた、王の証《あかし》である薄闇でも白く輝く甲冑《かっちゅう》を男は無言で纏う。金具がぶつかり、革がこすれ合う音を聞きながら、誰もが畏怖《いふ》する覇王の装《よそお》いに姿を変えていく様を、女は瞬《まばた》きもせずに見守った。

捧《ささ》げられた刀を手に取り、男は女に向き直った。

そのときになってようやく、己に向けられた視線に気づいた男の表情に、かすかな当惑にも似た揺れの影が浮かんだ。

一瞬、男の顔が帳の向こうに隠れ、見えなくなった。それは、甲冑の位置を調整するための動きだったのだが、女にはなぜか、男が咄嗟《とっさ》に己の視線から逃げたように感じられた。

「これから、酒宴を開く」

頭を屈《かが》めて帳を潜り、女の前に歩を進めた男の顔は、戦場に立つ武人のそれに戻っていた。やはり、己の勘違いだったのだろう。灯の光を受け、右半分を淡く浮かび上がらせる顔から、すでに王が最後の覚悟を決めたことを女は知った。

「倉を開け放ち、肉も酒もすべて、皆に分け与えるよう命じた。ここにはもう、何も残さぬ」

大きな戦いに挑む前に、王はいつも酒宴を催した。そこで配下の将たちと盃《さかずき》を交わし、声を合わせ歌った。それから外に待たせた騅に飛び乗り、諸将を引き連れ一気に戦場へと繰り出した。その酒宴の場で、女は必ず舞を披露した。むろん、たかだか後宮の使い女に、舞の素養などあろうはずがなかった。それでも女は舞った。唯一《ゆいいつ》、寵姫としての暮らしのなかで、男に習得を求められたものだったからだ。ゆえに、女は必死で学んだ。元より筋がよかったのか、一年で女は技芸のおおよそを体得した。やがて戦いの前の酒宴で、女は舞を披露するようになった。いつしか、その舞は勝利を招き寄せる、幸運なるものの証として認められるようになった。

「もはや、この場所に戻ることはないだろう」

男はおよそひと月の間籠《こ》もった、丘との訣別《けつべつ》を伝えた。その声に、楚歌の波に晒されたときの動揺の色は、微塵《みじん》も感じ取れなかった。女は浮かせた踵《かかと》を履《くつ》に落とし、寝台から腰を上げた。畳んだばかりの毛皮を広げ、酒宴の会場となるであろう、この丘でもっとも大きな建屋に移る準備を始めた。

しかし、男がそれを押しとどめるように、静かに手を挙げた。

「汝が来ることはない」

己の肩に回そうとした毛皮の動きを止め、女は弾《はじ》かれたように面を上げた。

「汝は荷をまとめよ」

なぜ、と女の口が開く前に、声が降ってきた。

「酒宴のあと、我々は門を開き、打って出る。儂が相手の注意を引きつける間に、汝は裏手から落ち延びよ。準備はその范賈《はんか》が手伝う。時間はない」

「いいえ、大王さま。妾《わたし》はここに残ります。ともに宴《うたげ》に出て――」

「そうではない」

男は首を振り、女の言葉を遮った。その声は妙に平坦《へいたん》で、これまで女が聞いたことのない、ひどく冷たい響きを宿していた。

「汝の名は、何という？」

問いかけの意味がわからず、女はしばしの沈黙ののち、

「虞――、でございますが」

とか細い声で答えた。

そうではない、と男はふたたび首を振った。

「汝の元々の名を訊ねておる。汝は生まれたときから、虞ではあるまい。虞とは、儂が汝に与えた名だ」

いちいち何かを確認してから進むような語調に、なぜそんなことを訊《き》くのか、と女は心で首を傾《かし》げた。自分は虞である。たとえそれが、咸陽で男から与えられたものであったとしても、もはや、その名は女のなかで、髪一本も入りこむ余地もないほど、己と一致したものになっていた。それに、むかしの名などとうに忘れた。己を産んだ父も母も、おそらくこの世にいないだろう。今さらかつての名を携え戻る場所など、どこにもないのだ。自分は虞として生きるほかない。虞として死ぬほかない。

「お言葉ですが、大王さま――」

これまで女が男の言に逆らったことなど、ただの一度もなかった。だが、これは別だった。落ち延びよ、という言葉を守ることは即《すなわ》ち、最後の戦いに出る王との、今《こん》生《じょう》の別れを意味する。

「虞の命は、大王さまとともにありまする。もしも、戦場に連れていっていただくことが叶わぬときは、いつでもこの命、差し出してお見せいたします」

ひょっとしたら、その視線は刺すような険しさを帯びていたかもしれない。あまりに勢いこんで言葉を発したため、最後のあたりは咳《せ》きこんですらいた。想いを急ぎ伝えなければ、今にも男がこの場を立ち去ってしまいそうに思えたからだ。

「汝の名は、何という？」

男はただ、同じ問いを繰り返した。女の眼差しは、確かに相手の目を捉《とら》えていても、王自身はまるで目前に何者もいないかのような、どこか漠々とした表情を保っている。

「妾は虞でございまする。それ以外の名など、ありませぬッ」

王の後ろに従僕が控えていようとも構うことなく、女は叫ぶように己の名を口にした。

「それを渡してもらおう」

男はどこまでも落ちついた声で、女の頭上を指差した。男が何を意図しているのか、すぐにはわかりかねたが、王からの贈り物のうち、女が最も大事にしていた玳瑁の簪を示していると気づいたとき、

「璣《き》（歪《いびつ》な形の真珠）もだ」

と重ねて言葉が放たれた。

王の目はただ従うことだけを求めていた。

朦朧《もうろう》とした感覚のまま、女は耳に手を持っていった。小石ほども大きさがある璣が

鈍く輝く耳飾りを外した。次いで、簪も引き抜いた。飾りつけられた宝玉の感触を指先で確かめてから、差し出されたぶ厚い手のひらに、耳飾りとともに置いた。少しだけ触れた王の手はとても冷たかった。男の顔を確かめることもできぬまま、ただ大きな手が閉じられるのを見つめた。

「これまで、よく儂のそばで勤めてくれた。以後は息災に暮らせ。ここからは、好きなものを持ち運んでよい」

跳ねるように顔を上げた女の眼《まなこ》は、すでに真っ赤に充血していた。

「そ、そんなことを望んではおりませぬ。虞は大王さまといっしょに――」

「汝は、虞ではない」

女は我が耳を疑った。

口を開け、呆《ほう》けた表情のまま面を向ける女を見下ろし、

「儂は汝に虞という名を与えた。だが、今、汝はその名を返した。もはや、汝は虞ではない。儂とともにここにいる必要はない。速やかに立ち去れ」

と男は口早に命じた。

「さらばだ」

声を発することもできぬまま、女は大きな背中が帳の向こうに消えていくのを見送

った。戸が開いたのだろう、甲冑の金具がぶつかり合う音が、急に大きくなった楚歌に紛れたのも束の間《つかのま》、その物憂げな音律に溶けるようにして消えた。

気がついたときには、腕からすり抜けた毛皮が、黒い影となって床にねじれていた。女は一度は浮かした腰を、力なく寝台に落とした。重みを失った耳に指を這わせながら、呆然《ぼうぜん》と天井を眺めた。

「これは、きっと虞に似合う」

そう言って、まばゆいばかりに宝玉をちりばめた簪を、水面に映る明月が如くきらめく耳飾りを、王はかつて自らの手で、女の髪に、その耳に添えてくれた。それからも幾多の珠《たま》や錦《にしき》を女は男から受け取ったが、男が身体に直接触れて贈ったのは、その一度きりだった。

女は手で顔を覆った。

最も大切にしていた、王からの贈り物を失ったことを悲しんで泣いた。だが、それよりもずっと大事だった、虞という名を取り上げられ、女は泣いた。

＊

己はこれまで、男の何を見ていたのか。

己はこれまで、男の何を感じていたのか。

頬を伝った涙が乾き、その跡が痒《かゆ》くなったところを袖《そで》で拭《ふ》き、女はあてどもなく王が去った理由を探した。だが、どこにも答えは見つからなかった。手がかりすら拾えなかった。咸陽で召されたとき、女は何らその理由を知らされなかった。ただ、あのときと同じことが、ふたたび起きただけなのだ。

いつの間にか、壁の外からの楚歌が聞こえなくなっていた。歌うことをやめたのか、それとも、また頭から始める前の中断なのか、しんと静まった部屋の正面に、人の気配を感じた。めくり上げた帳の足元に、従僕が控え続けていることに、女はようやく気がついた。

「虞美人さま」

女の視線が向けられるのをずっと待っていたのか、男が抑えた声を発した。

「わたくしは范賈と申しまする。何なりと出立のための御用を仰《おお》せつけくださいませ」

用などあろうはずがなかった。この丘を捨て、立ち去ったところで、王のいない世界でどう生きていけばよいのか。まともに自分の足で歩いたことすらないこの土地で、どうやって。

「時間がありませぬ。どうか、ご準備を」

寝台に深く腰を下ろしたまま、微動だにしない女の前に進み出て、男は毛皮を拾い上げた。灯の朧《おぼろ》な光に浮かんだのは、とても小柄な若い男だった。瞬きするたびに、生真面目《きまじめ》そうな太い眉が大げさに上下し、女はなぜか洟《はな》をひとつすすったあと、吐息のような笑い声を漏らしてしまった。

「そこで、そなた、すべて見ていたであろう。妾は大王さまに捨てられた。頼むことなど、何もありませぬ。それよりも隣の小屋の侍女たちを呼んで、こちらへ寄越してほしい。きっと皆、目を覚ましたまま、不安でいることであろう。それで、そなたの仕事は終わり。あとは、いずこなり、好きなところへ行くがよい」

「畏《おそ》れながら、虞美人さま——」

何度も瞬きし、しきりに眉を動かしたのち、片膝《かたひざ》をついた姿勢で、男は折り畳んだ毛皮を差し出した。命じられたことを遂げず、王に罰せられることを怖《おそ》れているのかと、

「心配は要らぬ。大王さまには、妾から言っておく」

と口にしたあとで、王に別れを告げられたばかりではないか、と気づき、今度はは

っきりと自嘲《じちょう》の笑いを浮かべ、女は毛皮を受け取った。

「貴女さまは決して捨てられたわけではございませぬ。役割を終えられただけでございます」

歪んだ笑みを残したまま、女の表情が止まった。

「そなた、何を言う――」

「これは叔父貴さまから聞いた言葉でございます」

「叔父貴さま？」

「范増――でございます」

ひさびさに聞くその名前に、不意に女は目の前の男が何者であるかを知った。范増老人が陣中から消えたとき、それが決して懲罰の意味を示すわけではない、という理由として、その親族が今も王の従者として変わらず勤めていることを挙げる者がいたが、おそらくこの眉毛が忙《せわ》しなく上下する若者のことを言っていたのだろう。

「もしも虞美人さまが陣を去るようなことがあれば、この話をお伝えするか否《いな》か、お前が決めるがよい、そう叔父貴さまから――」

「申せ」

相手が言い終える前に、女は言葉を遮った。そうだ、范増なら理由を知っている。

その理由に従って、あの日、目が合っただけの女を、咸陽の後宮から連れ出したのだ。

「申すのだ」

いつの間にか、上体を乗り出し、両手は膝に置いた毛皮を強く握りしめていた。沈黙の向こうで、顔を伏せる男の目が何度も瞬きを繰り返し、その都度、眉が影に紛れ蠢《うごめ》いた。

「虞さまは——、項王さまの正妃でございます」

ようやく聞こえた声に、この場に至って何の追従《ついしょう》かと、女は眉を顰《ひそ》めた。

「くだらぬ戯《ざ》れ言《ごと》を申すな」

王は正妃というものを置かなかった。かといって、女のほかに愛妾《あいしょう》と呼べる者を侍《はべ》らせることもなかった。王の側に仕えるのは、常に女ひとり。女は王に従い、ひたすら新たな戦場へ、新たな城へと、旅の暮らしのように在りかを変えた。なぜ王が正妃を置かないのか、不思議とそれを疑問に感じたことはなかった。この四年間、毎夜の如く、男は女の寝所に現れ、ともに朝を迎えた。陣中で女は「美人」という役職名を添えて呼ばれたが、王の接し方はまさに正妃としての扱いであったし、何より、戦いにのみ彩《いろど》られた日々のなか、形式などそれこそ戦場を渡る風塵ほどの意味しか持たなかった。

「そうではございませぬ」

いっそう声を低くして、男は薄闇でもはっきりと緊張に覆われていると知れる顔を向けた。

「項王さまが会稽《かいけい》にて、叔父上であられた項梁《こうりょう》さまと挙兵し、楚の再興を叫ばれ、秦討伐の旗印として名乗りを上げたときの話でございます。会稽を立つにあたり、項王さまは妃《きさき》を娶《めと》られた。会稽の名家の女《むすめ》であったと聞いておりまする」

范賈の視線を正面に捉えながら、女は膝の毛皮にじりじりと爪《つめ》を食いこませた。

「それから、わずか二年後のことでございました。定陶《ていとう》の城に留まられた項梁さまのもとに妃を預け、項王さまは西へと軍を押し進められた。今、我々をここに囲む憎き漢王とともに、陳留《ちんりゅう》を目指したのでございます。しかし、その隙《すき》を衝《つ》いて、秦の軍勢が定陶を囲み、一気に城を攻め落としてしまった。項梁さまは敢《あ》えなく敗死、妃もまた敵兵に辱《はずかし》めを受ける前に、自ら首に刀をあて命を絶たれた――」

女の視線は少しずつ力を奪われ、下方へと沈んでいった。やがて、簪を抜かれ支えを失っていた髪の束が流れ落ち、音もなくその顔を覆い尽くした。

「まるで、そなた、見てきたように話すのだな」

「叔父貴さまが――、いえ、范増がその目で確かめたことでございますゆえ」

毛皮を握りしめる手の甲に浮かび上がった血管が、灯の光を受け、ゾッとするような影を引くのを見つめながら、女は「なぜ、范増さまが」とかすれた声を発した。

「あのとき——、范増は項梁さまの側に仕え、定陶城におりました。項梁さまの指示で妃を探すも、間に合わなかったのでございます。その後、ひとり城から逃げ延びたことを、范増は常に負い目として抱え続けておりました。父とも慕っていた項梁さまと、妃を失っても、項王さまが決して范増を責めることなく、それどころか軍師として重用するに至ってからは、なおいっそう。だから、定陶での出来事の一年後、貴女さまを咸陽の後宮に見つけたとき、矢も盾もたまらず、陣中に連れ帰ったのでございまする。決して面には出さねど、項王さまがどれほど妃を慈《いつく》しみ、その死を悲しんでいたか、よく知っていたがゆえに——」

「范賈よ」

相手の言葉を遮り、女は視界を塞ぐ髪の間から、男の目をのぞいた。これより先を聞くことを押しとどめようとする、内なる声は盛んに鳴り渡っていた。もしも、男の眼差しに、これ以上、話を伝えることへの躊躇《ちゅうちょ》のようなものが感じられたなら——、ひょっとしたら、女もその声に従ったかもしれない。しかし、男の瞳の奥に、女へのかすかな哀れみの色が漂うのを捕らえた刹那《せつな》、胸の奥底から、得体の知れぬ黒いものが泥流《でいりゅう》の如く噴き出した。

「その妃の名は、何という」

踏み出したが最後、引き返せぬところに己が立っている予感があった。だが、引き返したところで、もうそこに道はない。それに、女はすでに導かれるべき答えを知っていた。それでも、すべてを男の口から暴《あば》き立て、確かめることを欲する激情を、抑えることができなかった。

「虞――さま、でございます」

「なぜ、妾は咸陽の後宮から連れ出された」

「かつての虞さまと、驚くほどに生き写しである――、と范増は申しておりました」

壁越しに、繰り返し耳にしたせいで、ついに音律を覚えてしまった楚歌が、またも鬱々とした響きを従え伝わってきた。不思議なほど、心は落ち着きを保っていた。乱れ落ちた髪を両手でかき上げ、蒼白《あおじろ》く染まった面を晒したとき、女はようやく合点した。咸陽の後宮で出会った老人は、女のいっさいに関心を示さなかった。名も、出自も、使い女であることも、何ひとつ確かめようとしなかった。老人にとっての大事は、王がかつての女と同じ名を授けるか否か――、その一点にあったのだ。

頭の上にまとめた髪の束を、簪《きさき》の代わりに紐《ひも》で結い上げ、この男の与《あずか》り知るところ

ではあるまい、とは思いつつ、

「なぜ――、大王さまは簪と耳飾りをお受け取りになったか、そなたにはわかるか」

と何気なく問いを放った。

「血の海に倒れる虞さまの亡骸《なきがら》から、范増が形見として引き取って参ったもの、と聞かされておりまする」

と呆気《あっけ》ないほど簡単に答えを得たとき、不意に、いつぞやの、女の頭に飾られた簪を指差し、真っ黒な口の中をのぞかせ笑う老人のしわに埋もれそうな顔が脳裏に蘇《よみがえ》った。

はん、と女は笑った。

それが合図だった。一度、堰《せき》を乗り超えた感情は、とどまることなく溢《あふ》れ出し、次から次へ笑いがこみ上げてきた。目の前の男が、ギョッとした表情とともに、ただでさえ小さな身体を、いよいよ縮こめようと構うことなく、女は肢体をねじらせ、けたたましい声を上げた。

何もかも、他人のものだった。

他人の簪で髪を彩り、他人の耳飾りで瀟洒《しょうしゃ》な音を鳴らし、挙げ句は他人の名を纏って、他人そのものに化ける努力を四年間、ひたすら積み重ねていた。己ひとりが、王に愛されていると疑いなく信じこみながら。

壁の外で、楚歌がひと巡りするまで女は笑った。それから、ようやく平静を取り戻し、なす術もなく、ただ神経質に眉を上下させるだけの若者に、

「剣《つるぎ》をこれへ持て」

と短く命じた。

「お、お早まりなさいますな」

うろたえた様子で、手を挙げ留めようとする男に、穏やかな笑みを投げかけ、女は膝にあった毛皮を寝台に置いた。

「勘違いするでない。妾には戦いの前に、大王さまのために、我が軍のために、やらねばならぬことがあるだけだ」

その声は、内心の嵐《あらし》の気配を毫《ごう》も感じ取らせぬ、凪《なぎ》の如き静けさを帯びていた。

ゆえに剣をこれへ、と厳《おごそ》かに告げ、女はつま先でひっかけるようにして遊んでいた履を床に落とし、踵を押しこんだ。

＊

冴《さ》え冴《ざ》えとした星空に男たちの合唱がこだまするのを聞きながら、冷気で凝り固まった土を踏みしめ、女は緩やかな勾配《こうばい》を登る。

周囲は出陣の号令を受けた兵士たちの白い息が立ちこめ、誰もが戦いの準備に忙しい。一個の影となって歩く女に注意を払う者は、ほとんどいない。毛皮で身体を覆い、いったい、どれくらいの者が知っていたのだろう、と女は思う。王の周囲には、会稽から付き従ってきた古参の将も数多くいる。彼らは何もかも知っていたはずだ。すべてを承知しながら、戦いの前に女が披露する舞に、まるで素知らぬ顔で賛辞を呈していたのだ。

左手に提げた剣の鞘《さや》を握り直し、なぜ王は舞を習得するよう求めたのかと考える。たとえ、すべてはひとつの源流に行き着くだけの話とわかっていても、記憶をたぐり寄せる手を止めることができない。王から簪と耳飾りを贈られたのは、女の舞がようやく形になり始めた頃だった。はじめて女がその二つを身につけ、舞を披露したとき、王は盃を胸の前で止めたまま、食い入るような眼差しを向けていた。やがて陶然たる表情とともに、歌に合わせ上体を揺らし始めた男を前にして、得意の絶頂に至っていた己を、女は心の底から嗤《わら》う。かつての女の身形《みなり》をただ忠実に模し、男の旧《ふる》い想い出を導いていただけの己を、今にも叫びだしたい気分で嗤う。

丘を上るにつれ、四方をぐるりと囲む漢軍の篝火が、光の砂塵を撒《ま》き散らしたかのように、視界に入りこんできた。陰鬱な楚歌は、依然鳴りやまない。この歌が聞こえていなければ、今もきっと、目を覚ますことなく、男は女の太ももにその頭を置いていた。女もまた、何も知らされることなく、その寝息を数えていた。

それが、こうして凍える風に唇を蒼くしながら、薄暗い坂道をひとり歩いている。馬のいななきが、冷気に煽《あお》られ空へ昇る。丘の頂上に設けられた殿舎に向かうことを決めた女に、范覃は最後まで、王の命に従い、落ち延びるよう説いた。これは王のやさしさなのだ、と繰り返した。女の命を何より大切に思うからこそ、王は元の名に戻るよう命じた、王は女を捨てたのではない、虞なる役を担《にな》う責から解き放ったのだ――、という男の言葉を、女はどこまでも乾いた心で聞いた。「結局、己は死というものまで取り上げられたのだ」と虚《むな》しく笑い、剣を携え、男を置き去りにして戸外へ向かった。

殿舎が近づくにつれ、正面の篝火に照らされた馬たちの影が、荒い息づかいを伴い迫ってきた。馬具の準備をする兵たちと同じく、口々に白い息を吐きだしながら、馬たちは女を見送る。きっとこの中に、王の愛馬である騅もつながれているのだろう。どの馬も二度とここには戻れぬのだと思うと、冷えきった女の胸に、はじめてさびしさと言ってもいい影が去来した。

果たして、あの范増老人は、いつか王が漢軍に追い詰められる日が来ることを知って、年離れた甥《おい》に、女への言葉を託すことを決めたのか。それとも単に、王の愛情がやがて剝《は》がれ落ちると予見してのことだったのか。もしも、范増の進言を受け入れ、王が鴻門にて劉邦を殺し、その後、天下に覇を唱えていたなら、男との暮らしは変わることなく続いたのだろうか――。そんな詮方《せんかた》なき夢想を楽しんだのも、殿舎の入り口で足を止めるまで。扉に手をかけた途端、女の頭の中からすべての念が消え去った。

扉を開けたところに立つ兵は、女の顔を認めるなり、驚いた表情で脇《わき》へ退いた。毛皮を預け、そのまま直進した。幔幕《まんまく》を払い、広間へと足を踏み入れた。

帳中《ちょうちゅう》は、甲冑を纏った男たちによる、酒宴の真っ最中だった。突如現れた寵姫の姿に、場は一瞬の沈黙に覆われるも、女は怯《ひる》むことなく、正面に座る王の前に立った。王の横に、あるべきはずの女の席はなかった。そこに何かを感じ取った者もいたはずで、俄《にわか》に張り詰めた緊張を解きほぐすため、女は四方に視線を巡らせ、

「覇王の軍の勝利のために」

と高らかに宣言した。

手にした剣の鞘を払い、履をすうと一歩前に押し出し、女は舞い始めた。

これまで、戦いの前の宴に参加する際には必ず纏ってきた、鮮やかな紅に染められた深衣《しんい》を翻《ひるがえ》し、将たちに囲まれた中央を所狭しと回った。「山をも崩す」と諸国に恐れられた、王の軍の強勢ぶりを、騅に跨り、疾風となって、白き矢の如く単騎駆ける王の姿の美しさを、その覇王とともに楚軍が歩んだ輝やかしい勝利の日々を一心に歌い上げた。誰も声を発しなかった。盃を持つ手を止めたまま、剣を振るい、袖を靡かせ、一陣の風を生む女の舞の、その常ならぬ迫力に、皆が息を呑《の》んで見入った。

いったんの舞を終えてから、女は改めて王の前に跪拝《きはい》した。宴席に遅れて加わったことへの非礼を詫《わ》びたのち、王に言葉を発する隙を与えず、すぐさま立ち上がった。

それから、二度、三度と歌を変え、女は渾身《こんしん》の舞を披露した。

列席の将たちは、酔うために酒を呑んでいるのではない。この世との別れを美しくするために呑んでいる。女はその想いを全身全霊で受け止める。舞に興じる間、我意はすべて消え失せ、将たちの想いをより昇華させんと、剣先で鮮やかに円を描き、栄《は》えある覇王の軍勢の勇ましさを称《たた》え上げ、華麗なる紅の残像を描き続けた。

首筋に汗ばんだ気配を感じながら、女は視線を一周させる。男たちは皆、目を真っ赤にして女を見上げていた。ただ、ひとり王を除いて。

「大王さま」

舞を終え、剣を床に置き、ふたたび王の前に跪《ひざまず》いた。息を整えながら、この広間に入ってはじめて男と視線を合わせた。

「最後の舞のため、簪と耳飾りを賜りとうございます」

男から贈られた髪飾りや耳飾りは他にいくらでもあったが、敢えて髪と耳に何の粧《よそお》いも施さぬまま、女はこの場にやってきた。

男は無言で、かすかに肩を上下させる女の顔を見つめた。

王が怒っているのか否か、その表情のない顔から、うかがい知ることはできなかった。それでも女は怖れず、男の顔を凝視した。その太い眉《まゆ》や、冬になっても日焼けあとの消えぬ額や、唇の端の荒れや、縮れたあご髭《ひげ》や、右の白目の部分にいつも浮かんでいる血が滲《にじ》んだような点や、どれも、これまで女のすべてであったものを記憶に焼きつけようとしたが、意識すればするほど、ぼんやりとした視覚に溶けてしまうのが歯痒かった。

先に視線をそらしたのは、男のほうだった。

甲冑の胸元に手をねじこみ、巾着《きんちゃく》を取り出した。やはり、言葉を放つことなく、女の前に置いた。

敷物に触れたとき発せられた、かすかな音から、女は袋の中身を知ることができた。

これを直《じか》に膚《はだ》にあてながら、男が最後の戦いに挑もうとしていたと知り、暗い波濤《はとう》が飛沫《しぶき》を上げて胸の底に押し寄せるのを感じても、決して顔色を変えることなく恭しく戴《いただ》いた。

多くの珠が垂れ下がる玳瑁《たいまい》の簪を身につけ、璣の輝きが麗《うるわ》しい耳飾りを耳に添える。飾り金具が響き合う、透き通った音に包まれながら、女は剣を手に立ち上がった。

殿舎の外の楚歌は、今も低く唸《うな》るように鳴り渡っている。されど、女が勝利を祈る舞を再開した途端、その響きは易々《やすやす》と掻き消された。席を囲む将たちが、女とともに歌い始めたからである。ある者は唸るように、ある者は喚《わめ》くように歌った。歌は次第にうねりを増し、ある者は嗚咽《おえつ》のあまり突っ伏し、ある者は天井を睨みつけ、盃の残りを強引に呷《あお》った。

男たちの合唱を浴び、これまで一度も経験したことのない、恍惚《こうこつ》とした感情が、剣先が宙を走るたび、簪が凜《りん》と音を奏《かな》でるたび、女の身体《からだ》を浸していった。この場の中心に己が立っているという確かな感触が、いよいよ女の声を澄みきったものへ導いていく。袖を軽やかに風に躍らせながら、女は座のひとりずつの顔を確かめた。誰もが涙を流し、長い戦いの旅が終わりを迎えることを、赤く腫《は》れた目で女に伝えていた。

舞を終わらせ、最後に王に向き直った。

ただひとりだけ涙を見せず、男は盃を手に、微動だにせぬまま女を見つめていた。

「大王さま、妾の名は虞でございまする」

男は盃を静かに口に運び、ゆっくりと飲み干した。

またもや無言を貫かれるかと思いきや、すう、と男は息を吸いこんだ。

力は山を抜き　気は世を蓋《おお》う
時　利あらず　騅　逝《ゆ》かず

膝に手をやり、拍を取り、憂《うれ》いある調べに乗せ、男は歌い始めた。

されど、しばらくしたところで、言葉が途絶えた。男は眉根を寄せ、空になった盃をひどく苦しげにのぞいた。

自然と——、女の足が前に出た。まだ、片手で膝を打つ男の拍に合わせて、女は唱和した。男の歌った詩をそのまま繰り返し、剣の動きを添えて即興の舞で応えた。

面を上げた王と視線が合ったとき、「続けよ」とその目が命じていた。

やがて女が、男が口にした詩をすべて歌い終えると、

雖の逝かざる　奈何《いかん》すべき

と言《は》うような低い声が帳中に響いた。

さらに、男は歌う。

虞や虞や　若《なんじ》を奈何せん

不意に、女の動きが止まった。

王は、確かに女を見ていた。

女から名を取り上げたときの、霧の先に在りかを探すような朦朧とした眼差《まなざ》しではなく、そこに女が生きていることを当たり前のように認める、かつての光がその瞳《ひとみ》に戻っていた。

「虞や虞や　若を奈何せん」

もう一度、男は女の名を呼んだ。

女の口元に薄らと、ほんの一瞬、笑みが過《よ》ぎった。

女は自ら男の視線を断ち切り、足を踏み出し、髪の飾りをしゃんと鳴らした。

流れるように剣先を操り、王の歌を頭から終わりまで、震えんばかりの慷慨《こうがい》の情を加えて唱和した。いつしか、満座の将たちも加わり、何度も、何度も、王の歌を繰り返した。

「虞や虞や」

そう呼びかけられるたび、女は耳を澄ませ、合唱のなかから、王の声ひとつを探し当てた。

誰もが涙していた。

王もまた、泣いていた。

その頰に、数行の涙の跡を残す男を見下ろし、女は静かに舞を終えた。

この場でただひとり、女だけが泣いていなかった。

汗ばんだ手のひらを衣に擦《こす》りつけ、剣を握り直す。

どうにも滑稽《こっけい》で、いちいち意地を張るのも馬鹿馬鹿《ばかばか》しく思わないでもない。でも、女はとても満足だった。女は覇王から、簪と耳飾りを取り戻した。さらに名をも取り戻した。あとひとつ、取り戻すべきものがある。女は十分息を整えてから、ゆっくりと右手を持ち上げた。

目を見開き、何かを叫びながら男が立ち上がる前に、素早く首筋に刃《やいば》を当て、躊躇することなく真下へ引き落とした。

＊

垓下から少し離れた丘に、女の亡骸は埋められた。

その墓所に夏の初め、小さな花が咲いた。

すらりとした茎から、可憐《かれん》に咲き誇る真紅の花弁は、女が最後の舞いのために纏《まと》った深衣のようでもあり、女があの日、流した血のようでもあり、その草花は誰言うとなく、虞美人草という名で呼ばれるようになった。

法《ほう》家《か》孤《こ》憤《ふん》

夕暮れどきを迎えると、一日の終わりを告げる鐘が鳴る。その音を合図に、竹簡《ちくかん》の束を両手に抱え、上役の机に置かれた秤《はかり》の前にぞろぞろと列を為《な》すのが我々の常なる光景だったが、その日に限っては、誰も竹簡の重さを計ろうとしなかった。

咸陽《かんよう》宮に勤める官吏は、一日に記すべき竹簡の量が定められている。官吏が抱える束の重みはすなわち、処理した仕事の量だ。規定の重みに達した竹簡を秤に置いた者のみ、上役から帰宅の許しを得ることができる。我々の上役は、ほんのわずかな重量の不足も決して見逃さない。ゆえに、我々は寸刻を惜しんで竹の札に向かう。日に日に大きさを増しつつある我々の国に、新たに併呑《へいどん》されることになった地方への命令書を、そこで施行される新たな法を、書けども書けども果てしなく生まれる仕事の波に溺《おぼ》れながら、必死になって札の表面に記し続ける。

その日、俺はこの宮殿で働くようになってはじめて、竹簡の存在を忘れることを許された。終わりの鐘が鳴ってしばらくして部屋に戻ってきた上役は、今日のことは決して口外せぬよう強く言い含めてから、我々に帰宅を命じた。誰も竹簡のことを口にしなかった。上役は疲れきった表情を隠そうともせず、机の隅に置かれた秤を、己の椅子《いす》の正面に戻した。それは俺が床から拾い上げた秤だった。廊下にあの第一声が鳴り響いたとき、上役は誰よりも早く席を立った。その際、袖《そで》に引っかけた秤が派手な音とともに転げ落ちようとも、一顧だにしなかった。

「陛下が刺客に襲われた！」

その声を聞いて、仕事を続けることができた者など皆無だったろう。もちろん、我々も竹に向かう手を止め、上役のあとを追って廊下へ飛び出した。廊下に面したあらゆる部屋から、官吏たちが口々に何かを叫びながら姿を現した。てんで勝手に放たれる声が招き寄せる混乱と興奮の濁流から逃れる術《すべ》を、我々は何一つ持ち合わせなかった。官吏たちはひたすら新たな情報を求め廊下を右往左往し、やがて広場のほうから伝わってきた大勢が集う気配に反応し、堰《せき》を切ったようにいっせいに移動を始めた。履《くつ》が床を叩《たた》き、こだまとなって天井に重なり合う音の隙間《すきま》に、誰かの声が滑りこんできた。

「今日は確か、陛下は外国からの使節を引見するのではなかったか？」

別の声が答える。

「そうだ。予定ではちょうど今頃、終わるはず――」

それを聞いて俺は大いに意外の感に打たれた。てっきり、陛下が刺客に襲われたのは、宮殿の外と思いこんでいたからである。おそらく同じことを考えていたのだろう。隣を小走りで進む、同じ部屋で働く同僚も、

「でも、どうやって……」

と思わずといった様子で声を漏らした。

誰も陛下の安否を知らなかった。肝心の部分がぽっかりと抜け落ちたまま、その周辺ばかりが、広場へと続く長廊を渡る途中、ざわめきとなって伝わってきた。

外国の使者というのは、燕《えん》から来た連中だそうな――。

その上卿《しょうけい》（大臣）たる者との、対面の場で襲われたらしい――。

刺客は手に匕首《あいくち》を携えていたとか――。

その後の知らせはまだか？　ああ、陛下。どうか、ご無事で――！

もしも一年前、この秦都《しんと》へ来たばかりの俺なら、これらの話を聞いて、「刺客は外交使節に紛れ、引見中の秦王の命を狙《ねら》った」という筋を、自然、頭の内に思い描いたかもしれない。だが、今や俺は知っている。そんなことは決して起こり得ぬ、と。

陛下が使節を引見する殿中では、近臣でさえ寸鉄をも帯びることが許されない。もちろん、戟《げき》を揃《そろ》えた護衛の兵はいる。しかし、彼らは常に建物の外に控え、陛下の命令がない限り昇殿できぬ。殿中で武器を携えているのは、陛下ただひとり。これらはすべて、秦の法が定めるところによる。

謁見《えっけん》する外交使節の面々に至っては、それこそ髪の中身を探られ、股《また》の内側まで容赦なく叩かれ確かめられることだろう。匕首の如《ごと》き重い金属を隠し持つなど到底不可能。そもそも、彼らは陛下に近づくことすらできない。少なくとも、俺が知る引見の場ではそうだった。

ふた月前のこと、廷尉《ていい》（司法長官）であられる李斯《りし》様が、外交使節を迎えるにあたっての人数合わせに、部屋の者全員を呼ぶよう、俺の上役に命じた。

今も、はじめて殿中に足を踏み入れたときの、畏怖《いふ》と感激が綯《な》い交ぜになった感覚を忘れることができない。ともに呼び出された同僚たちの肩越しに、はじめて陛下の御姿を見た。玉座に腰掛けていたのは紛《まご》うことなき巨人だった。世界を一つにするという、これまで誰も成し得なかったことに挑む、不世出の巨大な存在だった。

俺と陛下の距離は遠かった。その身体《からだ》はとても小さく映った。使節たちは、我々よりさらに離れた場所から、緊張に震える声を何とか絞り出し、秦国に仕えることになった慶《よろこ》びを述べ立てた。大広間にぽつんと佇《たたず》む彼らの姿は、さながら池の真ん中に突き出した小岩に貼《は》りつく、子亀《こがめ》の如き眺めだった。

よしんば警固の目を潜《くぐ》り抜け、刺客が匕首を殿中に持ちこんだとしても、あの玉座のはるか手前から、長い長い石の階《きざはし》を駆け上り、陛下を襲うなど、できるものなのか。俺には鈍重な亀が池を渡り、ほとりに立つ大樹を傷つける場面というものが、どうしても想像できない。

「やはり、陛下が襲われたのは、宮殿の外ではないのか。遠目から弓矢でも使わぬ限り、陛下を狙うことなどできまいて」

落ち着こうと心をなだめても、足が勝手に忙《せわ》しげになるのを止められぬまま、俺は隣の同僚にささやく。彼もまた目玉だけを向け、かすかなうなずきでもって同意を示したとき、

「あそこにおられるのは李斯様では？」

という声が前方から発せられた。

視界が開け、我々は広場に出た。十日に一度、宮殿内のすべての官吏を集め、ここで朝会が開かれる。そのときの風景そのままに、広場には大勢の官吏が詰めかけ、あちらこちらから怒声が鳴り響き、騒然という度合いを超え、殺伐とした空気が充満し

ていた。

引見が行われる大宮殿へとつながる階の上に、ちょうど李斯様が姿を現したところだった。燕からの使節に対し、陛下は最上級の儀礼である、九賓《きゅうひん》の礼をもって応じたという。ならば、李斯様も当然参列したことだろう。まさに今、事が起きたかのような慌《あわ》ただしさで、李斯様は朝服の裾《すそ》を翻《ひるがえ》し、段を降りてくる。法冠は傾き、それを手で押さえながら、後ろに従う者に何か叫んでいる。これまで常に冷静沈着な態度を保ち、我々の前で決して表情を崩すことがなかった李斯様だけに、その光景は宮殿内に深刻な問題が生じたことを、不吉な予感とともに、何より雄弁に語っていた。

しばしば朝会に参加するとき、お立ちになる場所と同じ、階の途中の広々とした踊り場で李斯様は足を止めた。笏《しゃく》を正面に構え、しばらく息を整えたのち、眼下を埋める官吏たちを見渡し、さっと右手を挙げた。

たったそれだけで、官吏たちはいっせいに口を閉ざした。

水を打ったような静けさに包まれた広場に、

「陛下はご無事であられる！」

という李斯様の叫び声が響いた。

「燕の使節に紛れこんだ賊は二人。うち一人が、匕首で陛下のお命を狙ったが、陛下自らの手で誅《ちゅう》せられた」

と右手を下げ、李斯様は胸を張り、いつもの甲高く、早口ながらもよく通る声で私たちに告げた。

「陛下はご無事であられる！」

一転、広場は沸き返った。男たちは雄叫《おたけ》びを上げ、揃って片袖をまくり、剝《む》き出しとなった右腕を左手でつかみ、身体を震わせた。それは俺が秦に来てはじめて知った、この地の男が怒りとも興奮ともつかぬ感情を表す際の仕草だった。

広場を覆《おお》う感情のうねりが頂点を迎えるのを待ち、李斯様は再び右手を挙げた。今度はしばらくの時間を経て、静寂が舞い戻った。

「燕の姑息《こそく》極まりない企ては、失敗に終わった。しかし、これで事が解決したわけではない。他にも、仲間がいるやもしれぬ。これからあらゆる手がかりを調べることになるだろう。賊について少しでも知ることのある者は、直ちに名乗り出るように
――」

と前置きしたのち、李斯様は陛下の手によって誅殺された刺客の名を伝えた。

張り詰めた声が耳に届いた瞬間、身体が勝手にびくりと震えた。隣に立つ同僚が驚いた顔を向ける。

「ケイカ」

李斯様はいきなり俺の名を呼んだ。

もちろん、俺が賊であるはずがない。たまさか、賊の名が俺と同じ読み方だったのである。

「荊軻《けいか》」

不意に、この二文字が脳裏に浮かんだ。

なぜ、と不思議に感じる間もなく、二年前、邯鄲《かんたん》の役場での風景が蘇《よみがえ》った。あのときも、俺は大勢がいるなかで「ケイカ」と名を呼ばれた。それに対し、俺ともうひとりの男が、同時に返事をした——。

過去の記憶に一瞬、意識を奪われそうになるのを、

「驚いたな、京科《けいか》。いきなり、李斯様が君の名を呼ぶのだから」

と口元に苦笑を浮かべた同僚に肩を叩かれ、引き戻された。帰ろう、と促されるままに、俺はうなずいた。すでに李斯様は踵《きびす》を返し、来た道を上っていた。そのあとを、大勢の上役連中がひっくり返りそうな勢いで追いかけていく。

それらの姿が視界から消えるのを見送ってから、我々は広場から退散した。途中の長廊はもちろん、部屋に帰ってからも、同僚連中はいまだ醒《さ》めやらぬ興奮の余韻を

弄《もてあそ》び、上役の不在をいいことに、好き勝手に己《おの》が感想を披露し合った。やはり、刺客が陛下を襲った手段について関心は集中し、

「李斯様は匕首を使って、とおっしゃっていたが、殿上の陛下までのあの距離をどうやって。まさか、空を飛んだわけではあるまい――？」

といよいよ話が盛り上がるのを横目に、俺は席についた。同僚たちの話の輪に加わるつもりはなかったが、仕事を再開する気にもなれなかった。机の隅の箱から、新たな竹札を手に取った。小指ほどの幅の表面に、「京科」と書いた。次いで、「荊軻」と書いた。それから、小刀を使って、己の名だけを削った。

字の消えた表面に指で触れたら、かすかな痛みを感じた。

「もう、ここにいても仕様がないから、邯鄲とはおさらばだ。いや何――、燕に知り合いがいるもんでね。そっちの伝手《つて》でも、当たってみるよ」

唐突に、邯鄲の役場を囲む土壁を背にして、あの男が放った言葉が、耳の底のほうから、あぶくのように浮かび上がってきた。

俺は指の先を見つめた。何度か左右に寝かしてみてようやく、皮膚に喰らいついた、か細い竹のささくれを見つけた。

そうだ。あの男は俺のせいで、官吏への道を閉ざされ、邯鄲を去ることになったの

だ。

＊

同僚たちが皆、帰宅の途についても、俺はまだ席に居残っていた。上役は調べものがあるのか、棚から竹簡の束をまとめて取り出し、机に置いた。紐《ひも》を解き、両手を添え、竹簡をひとつずつ丁寧に並べる。綴《と》じられた竹札の上に指を添え、まるで初めて女の身体に触れるような慎重さで、上役は竹簡を広げていった。性は極めて狭量《きょうりょう》、部下に対する態度も傲岸不遜《ごうがんふそん》そのものと言える男だが、竹簡の扱い方に関してだけは、見習うべきものがあった。そこにあるのは、法に対する尊崇の念だった。燻《いぶ》された竹の表面に綴《つづ》られた文字の羅列が、いかなる意味を持ち、これからどのように世界を変えていくかを理解している者の行動だった。

「何をしている。さっさと帰れ」

俺の視線にようやく気づいた上役が、咎《とが》めるように声を放った。

俺は目を伏せた。机の上には竹の札が一枚、木目に沿うようにして置かれている。札に残されたままの一個の名を前に、改めて己の疑り深さを嗤《わら》う。まさか、遠く離れた邯鄲で一度だけ会った男が、よりによって刺客として咸陽宮に乗りこんでくるはずがないではないか。ましてや、遅れて部屋に戻ってきた上役の説明によると、刺客は燕国の上卿当人だったという。たとえ、あの男が言葉どおり燕に向かったとしても、わずか二年で、一国の卿にまで上り詰められるわけがない――。

「それにしても、とんだ災難だったな。賊と同じ名とは」

思わず顔を向けると、上役は意地の悪い笑みを浮かべ、

「心配するな、読みは同じでも、お前とは違う字さ」

とこちらの反応を楽しむように、賊の名を、すなわち俺の名をゆっくりと発音した。

「ご存知なのですか？」

「ああ、あの広場のあと、李斯様に教えていただいたからな」

事もなげに言い放ち、上役は机に視線を戻した。

「とはいえ、儂《わし》もなかなか居心地が悪かったぞ。李斯様の口から、何度もお前の名が聞こえてくるのだ。そのたびに、まるで儂自身が罪を問われているようで参ったわ――」

俺は意を決し、目の前の竹札を手に立ち上がった。上役の机の前まで進み、秤を挟むようにして足を止めた。

「どうした」

訝《いぶか》しげに面《おもて》を上げた上役に、

「これでしょうか」

と札を差し出した。俺の手元をのぞきこみ、

「ほう、よく当てたな。そうだ、この字だったよ」

と上役はあっさりとうなずいた。

唾《つば》をひとつ呑《の》みこみ、札に記された「荊軻」の二字を見つめた。

「この名を持つ男と、一度だけ、会ったことがあります」

と声が揺れぬよう、腹に力をこめて続けた。

「ほう、どこで」

「邯鄲の役場で」

「そうか、お前は趙《ちょう》から来たのだったな」

邯鄲とはかつて趙の都があった場所だ。だが、趙という国は今はもう亡《な》い。一年前に、秦に呑みこまれ消滅した。あるじが趙から秦に替わったことで、俺はこうして咸陽への異動を果たすことができたのだ。

「ケイカという名が多い土地なのか」

「いえ……、そうではなく」

「じゃあ、何だ。さっさと用を言え」

眉間《みけん》に早くも苛立《いらだ》ちの影が見え始めた上役の反応を前に、これが真っ当な捉《とら》え方だろうと知りつつも、

「その男かもしれませぬ」

と思いきって切り出した。

しばしの間を置いたのち、

「陛下を襲った賊のことか？」

と上役は明らかに不意を突かれた顔を見せた。突飛に過ぎる考えであることは、重々承知している。だが、このまま疑念を居心地悪く燻《くすぶ》らせておくより、上役の照会を経て、さっさと疑念そのものを霧消させることを俺は選んだ。

はい、とどこまでも真面目《まじめ》に返した俺の答えは、案の定、粗野な笑い声にいとも容易《たやす》く打ち消された。

「京科、ずいぶん念の入った心配をするものだな。だが、これほど杞憂《きゆう》という言葉が似合うこともないぞ。荊軻という名など、他に幾らでも転がっていよう。だいたい、その男に会ったのは、いつの話だ」

「先ほど、邯鄲の役場でとか言っていたな」

「町の役場の書記官に欠員が出て、補充のための募集がありました。その試験の場で」

「なるほど、お前はその試験に合格したわけだ」

「そうです」

「お前の荊軻は？」

明らかに上役は「お前の」という部分に、過剰な諧謔《かいぎゃく》の響きを乗せてきた。

「欠員の補充はひとりだけでした」

「その後、その男と会ったことは？」

「ありません。ですが、これから伝手を頼って燕に向かうかもしれない、と聞きました。本人の口からです」

ほう、と上役は声を漏らした。燕という語に、ほんのわずかだけ気を惹《ひ》かれたようだが、

「それだけか？」

と視線を落とし、手元の竹簡を広げる作業を再開した。

「二年前です」

「お前も聞いただろう。賊は燕の上卿だったのだ。燕の地で、実際にその位に就いていたと李斯様はおっしゃった。決して昨日今日に雇われた刺客ではない、ということだ。たかだか町役場の書記官にも就けぬような男が、たった二年で燕国の上卿になったと言うのか？　李斯様でさえ、我が国で卿の位を授かるまで十年かかったのだぞ。もしも、その男が剣の達人であったなら、話も少しは変わってくるというものだが――」

私は無言で頭《かぶり》を振った。もはや曖昧《あいまい》に溶け始めた記憶であっても、あの男がそういった撃剣を好む壮士といった類《たぐい》とは真逆の人種であったことは明白だった。ひょっとしたら、生まれてこの方、剣に触れたことすらなかったかもしれない。強い日差しの下で、いかにも不健康そうな蒼白《あおじろ》い膚《はだ》を晒《さら》していた。何年も刀筆の吏になるための勉強を重ねてきたと言っていた。刀筆の吏とは、我々が常に、竹簡に文字をしたためるための筆と、それを修正するための小刀を携えているところから生まれた、文書を司《つかさど》る官吏の別名である。

「その者の年齢は？」

「私より、二つか、三つ、年上だったかと」

「お前は今、いくつだ」

「二十六です」

「お前ぐらいの歳《とし》で上卿になるなど、王族の生まれくらいだろうな」

とつぶやき、上役はこれ見よがしにため息をついた。

「京科よ、何がそこまで気になるのだ」

俺は言葉に詰まった。竹札の「荊軻」の字を眺め、ひょっとしたら俺は、単にあの男のその後を知りたいだけなのかもしれない――、と思った。あの男は無学だった俺に、道の在りかを教えてくれた。しかし、逆に俺はあの男から道を奪ったのだ。

「その男に訛《なま》りはあったか?」

唐突な問いかけに、その意図を疑問に思う前に、

「アア、マッタク、残念ナコッチャ」

という声が、頭の隅で反射して音を立てた。二年前、邯鄲の役場を出たところで、あの男が天を仰ぎそう言ったのだ。それが俺の親父《おやじ》の口ぶりとそっくりだった。だから俺は「衛《えい》から来たのか?」と、本来ならば気まずくて会話どころではないはずなのに、つい口を利《き》いてしまった。俺の親父は衛の出身だった。

「あの男には――、衛の訛りがありました。そのことを訊《たず》ねたら、十五までいた、と」

上役は返事を寄越さなかった。手元の竹簡に額を近づけ、難しい顔で睨《にら》みつけていたが、「ついてこい」とうつむいたまま声を発した。

「これから、李斯様の元へ頼まれていた典籍を届けにいく。今の話、もう一度、李斯様にお伝えせよ。燕の連中が泊まっていた館舎の者が、賊と話したときに衛の訛りを感じたそうだ。そのことを話題にしたら、賊は十五まで衛にいた、と答えた――」

上役は面を上げた。筆を引いたような細い眼に、打って変わって強い緊張の色を漂わせ、開いたときと同じ丁重さで竹簡を巻き取り始めた。

＊

とうに官吏たちは帰ったようで、人気《ひとけ》のない部屋の前を通り抜け、上役とともに李斯様が執務する広間へ向かった。回廊の外は、刈り取られた竹が無造作に積み上げられ、日の名残を追いやり空を覆い始めた薄闇《うすやみ》に呑みこまれ、丘のような影をそびやかしていた。

あれだけの量の竹を、我々はどのくらいの日数で、文字の下敷きにしてしまうのだろう。かつて隣の席の同僚は、書けども書けども終わらぬ仕事の多さを恨み、きっとこの宮殿のあるじは王ではなく竹にちがいない、などと物騒な愚痴をこぼしていたが、俺はそこにあと少しの正確さを加えたい。――法を纏《まと》った竹こそがこの国のあるじである、と。数歩先を進む、上役の手にある竹簡に目を遣《や》る。その気になれば、たわいもなく二つに折れてしまう、あの頼りない竹の集まりが、これから世界を一つに束ねようとしていた。

法が世を統《す》べる。

そんな主客の関係が存在することを俺に教えてくれたのは、あの荊軻だった。

思い返してみても、奇妙な縁としか言いようがない。俺は官吏になるつもりなど毛頭なかった。ただ、募集の知らせを耳にした親父に言われるがまま、町役場に顔を出しただけだ。親父の行商の手伝いをしていたおかげで、幼い頃から読み書きと勘定はできた。役場仕事になど何の興味もなかったが、秦と趙のいざこざのせいで親父の商いが長らく中断し、少しでも家の食い扶持《ぶち》を減らす必要もあり、俺は職を求めたのだ。たった一人の募集に、二十人近い男たちが押しかけていた。試験はお偉方の前で用意された文書を読み上げ、幾つかの質問に答えるだけで終わった。文書を読むことはできたが、その意味は皆目わからなかった。今となって振り返るに、それは暦にまつわる命令書だったのだが、何について書かれているかと訊ねられ、当てずっぽうで

「薬の処方箋《しょほうせん》」と答えたら、試験官たちに大笑いされ部屋を出た。

翌日、男たちはふたたび集められ、結果が告げられた。万に一つも選ばれるはずがなかっただけに、

「京科」

と名を呼ばれたときは、誰よりも俺自身が驚いた。だが、さらに驚いたのは、もう一人の男が同時に返事したことだ。

それが――、荊軻だった。

役場の男が慌《あわ》てて確認したが、どういうわけか、「ケイカ」と読むが、京科でも荊軻でもない別の名が記されていた。これには役場の連中が困惑した。王宮からやってきたお偉方は、昨日のうちに地方へ出張に向かってしまい、当分の間、確認する術がない。

もう一度、試験をやり直せ、と騒ぎだす声が男たちの中から聞こえたとき、役場の長が声を張り上げた。

「田《でん》先生をお呼びせよ！」

田先生は町の名士だった。占卜《せんぼく》の術に秀《ひい》でた日者《にっしゃ》としてとみに知られていた。しばらくして、田先生がやってきた。束ねた白髪を腰のあたりまで伸ばし、杖《つえ》をついて役

場に到着した田先生に、長は本来の合格者を占ってほしいと頼んだ。田先生は即座に了承し、一室を借りることを請《こ》うた。与えられた室内を掃き清め、衣冠を正したのち、田先生は筮竹《ぜいちく》をもって長のために占った。

「その男――」

部屋から出てきた老人は、杖の先で壁際《かべぎわ》に座っていた俺を指し示し、去っていった。田先生の占断に異を唱える者はいなかった。長は改めて「京科」と俺を呼びつけ、明日からさっそく勤めよと命じて、その場を散会させた。

もちろん、わかっていた。俺であるはずがないのである。お偉方が字を書き違えただけで、その意中にあったのはもう一人の男に決まっている――。きまりの悪さを押し隠し役場を出たら、当の荊軻が空を見上げ、ぼんやりと突っ立っていた。気づかぬふりをして、家路に就こうとしたとき、

「アア、マッタク、残念ナコッチャ」

という、ひどく衛訛りの声が聞こえてきたのである。

それがきっかけで、俺は荊軻と言葉を交わした。と言っても、ほんの短い立ち話だ。真面目そうな顔立ちのとおり、気質の真面目さが、その声から、話し方から、容易に伝わってくる男だった。結果への不満はいっさい漏らさず、官吏になるために長らく

勉強していたと絞り出すように口にした。俺は早々に話しかけたことを後悔した。適当に話を切り上げようとしたら、「これを」と荊軻が腰に携えていた袋を押しつけてきた。

「私にはもう必要なくなった。きっと、これから君の仕事に役立つ」

中身はわからなかったが、何の心構えもないまま明日から仕事が始まることに、早くも不安を募らせていた俺は、戸惑いつつも、それを受け取り別れた。

これが荊軻との一部始終だった。

袋の中身は竹簡だった。師がこれから官吏にならんとする弟子に向けて、持つべき心得を教え諭す内容が書き記されていた。果たして、荊軻当人の師の言葉なのか、それとも別の師弟の間で交わされた書簡だったのかはわからない。ただ、荊軻がこの竹簡に記された文字に逐一指を添え、何度も読み返していたことは、黒ずんだ竹の表面や、あと少しで切れそうな札同士を結びつける紐の具合からも、容易にうかがえた。これを俺に譲り、邯鄲を去ると告げた意味を思うと、何とも言えぬ後味の悪さばかりが募った。

役場での仕事が始まり、俺は荊軻を忘れた。ほどなく、秦が攻めてきた。趙の国は踏み潰《つぶ》されるようにして、地上から消え去った。新たに設置された郡の長官から、咸陽にひとり書記官を送るよう命令書が来た。誰も故郷の地を離れたくなかった。役場の長は躊躇《ちゅうちょ》なく新入りをその役に任じた。父親の行商に物心ついた頃から同行していたからか、周囲の面々ほど趙への強い愛着がなかった俺は、咸陽行きをむしろ奇貨《きか》としてその命を拝した。これから訪れる秦という新たな時代の波に、あわよくば乗ってやろうとする野心と功名心を密《ひそ》かにくすぐられながら。

邯鄲を立つ前日、荷物をまとめながら、ひさしぶりに荊軻の竹簡に触れた。あの試験から一年が経《た》とうとしていた。何気なく竹簡の紐を解き、字を目で追ってみて驚いた。中身が読めるのである。荊軻から手渡されたときは、漠然とした意味しかつかむことができなかったのに、仕事の経験を積み、知識も増えたおかげか、かなり詳細なところまで理解できる。

竹簡に記されていたのは、法家《ほうか》の師弟のやりとりだった。俺が役場に勤め始めた頃、誰一人、法家なんて連中を知りはしなかった。しかし、新しいあるじとなった秦が、法をもって国を治めることを至上とする法家の主張を、その政《まつりごと》の要《かなめ》に据えているという話は、徐々に伝わっていた。

俺は新たな咸陽の住人となり、ふたたび荊軻を忘れた。邯鄲のかつての王宮とは比べものにならぬ広大な宮殿にて、徹底的に法家の考え方を叩きこまれた。それまで俺が知る世界では、まず国があり、そこに人がいた。人の間に生まれた法が、国が定める法となった。しかし、法家が唱えるところは違った。まず法があった。その下に国が存在し、人が存在した。さながら一巻きに縛られた竹簡の如く、法が国と人とを束ねる。この思想が目指すところは明確だった。統一である。秦はこれまで数百年、世界が幾つもの国に分かれ、延々と争い続けてきた歴史を終わらせようとしていた。

　その途方もない目的の実現のため、強大な軍隊を率い、先頭に立つのはもちろん秦王その人であるが、常に影となって支えるのは李斯様だった。咸陽に着任したすべての官吏は、李斯様が著した書籍を読みこむことを課された。それは不思議な経験だった。竹簡の小さな文字を通じ、巨大な概念が頭に染《し》みこんでくるのである。李斯様もまた、秦王に勝るとも劣らぬ巨人であることを俺は知った。その言葉には非常に純粋で、強固な意思が漲《みなぎ》っていた。李斯様は雲を作ろうとしていた。大地をくまなく覆う、広大無辺な雲だ。その雲から法という雨を降らせる。たとえ、大地に誰が、どのような国を作ろうとも、雨は必ず降り注ぎ、土に染みわたる。

　秦王の軍馬が蹂躙《じゅうりん》した跡地に、李斯様は続けて法という軍隊を送りこんだ。咸陽に勤める官吏は、刀を持たぬ兵を産み整えることを求められた。我々は熱に浮かされたように、竹簡に法を記し、日々膨張し続ける新たな国土へと送った。剣のひと振りをも帯びることなく、李斯様は世界を変えようとしていた。俺はその行動を勇敢だと思った。その理想を美しいと思った。

「もう、着くぞ」

先を進む上役が急に姿勢を正し、二度、三度と続けて咳払《せきばら》いする音に、俺は意識を引き戻された。廊下の突き当たりに、大きな扉が見えてきた。上役は扉の前で足を止め、部署と名を高らかに告げた。「入れ」というくぐもった声が聞こえ、竹簡に触れるときと同じ慎重さで、上役は扉に手をかけた。

＊

李斯様の前で、俺が邯鄲での出来事を報告する間、絶えず人が広間に入ってきては、机の上に竹簡を置いていった。

多くの燭台《しょくだい》が置かれているおかげで、室内は昼間のように明るい。椅子に深々と腰掛け、李斯様は開いた竹簡を手のひらに載せ、まるでそれで顔を洗うかのように、鼻先に近づけた。一見珍妙ではあるが、我々の間では決して珍しくない光景だった。昼夜を分かたず文字を追い続けたせいで、目がすっかり悪くなっているのである。老いた官吏によく見られる癖だが、まだ李斯様は五十歳に届かないくらいであろう。皿の表面に生じたひびを探すかのように、手のひらの竹簡に視線を走らせる様は、どれほど李斯様がこれまで文字と取っ組み合ってきたかを、まざまざと伝えていた。

「その者は、剣の使い手だったか」

それが報告を終えた俺に、李斯様が初めてかけた言葉だった。上役と同じ問いかけに、そうは思わぬ旨《むね》を答えると、李斯様はうなずいて手元の竹簡を机に置いた。側に控える官吏に手短に処理の方法を告げ、官吏が恭《うやうや》しく竹簡を戴《いただ》き立ち去ったのち、大儀そうに腰を上げた。

来い、と上役にあごで示し、李斯様は歩き始めた。どうすべきかわからず突っ立っていると、「京科、お前もだ」と上役が苛立った声を上げた。それを聞いて、李斯様が「なるほど——、京科か、荊軻か」と低く笑った。

入り口とは別の扉から、李斯様は広間を出た。左右には土壁が崖《がけ》のように迫《せ》り出し、人が並んでは歩けぬほど細い幅の通路が長々と続いていた。見上げると帯を引き伸ばしたように狭い空が見えた。夜の帳《とばり》は降りきっていない。淡い光を放ち、半分に欠けた月がぽつんと浮かんでいた。

「もしも、賊が手練《てだ》れの剣の使い手なら」

先頭を行く李斯様が、急にくぐもった声を放った。慌てて上役が相づちを打って応《こた》える。

「陛下の命はなかったかもしれぬな」

すぐには上役も相づちを返すことができず、しんと静まりかえった通路に、三人の足音だけがしばし響いた。

「迂闊《うかつ》だったのだ、我々は。まさか、あそこまで執拗《しつよう》な準備を重ねてくるとは思わなかった。儂でさえ、はじめ何が起きているかわからなかった。まるで見えなかったのだ。情けないことにな」

李斯様は首をねじると、口元を自嘲《じちょう》の笑みで歪《ゆが》めながら、己の目玉を指差して見せた。

「誰も陛下を助けることができなかった。何しろ、我々は一つとして武器となるものを持っていなかったからな。衛兵を殿中に招き入れることもできなかった。なぜなら、それが許されるのは、陛下の命令があるときだけだからだ。だが、刺客に襲われている陛下はそれどころではない。結局、陛下自ら刃《やいば》を交え、賊に致命傷を与えてから、ようやく衛兵を呼ぶことができた。事がひとまず落ち着き、陛下を奥までお連れしたのち、儂が真っ先にしたことがわかるか？　法を変える準備だ。すでに陛下の許可をいただき、明日には新たな法を施行する。陛下に危険が迫ったときは、臣の判断で衛兵を招くことができるようにな。どうだ、滑稽《こっけい》な話と思うか？　陛下の命が失われたら、我々の国はおしまいだ。我々が作り上げた法は、あっという間にただの竹屑《たけくず》になる。それなのに、我々は法に従って、誰も衛兵を呼びに行かなかった。あるじが命を落とす瀬戸際にもかかわらず。おぬしはどう思う？　我々は馬鹿《ばか》の集まりか？」

上役は何も答えることができず、逃げるように頭を下げ、代わりに俺が李斯様の視線をまともに受けることになった。「いいえ」と首を横に振ろうとする前に、李斯様の口がまた活発に動き始めた。

「そうだ。古来、これほど滑稽な話を、儂は聞いたことがない。陛下を救ったのは、戦場で百の敵の首を斬《き》ったと豪語する将軍でもなければ、闇夜でも雁《がん》を矢で射落とすことが自慢の武官でもなく、ただの医者だったのだからな。典医が必死で投げた薬袋が、運良く賊の顔を強《したた》かに打ったのだ。それがなければ、陛下は賊の毒を塗った匕首の餌食《えじき》になっていただろう」

押し倒すような勢いで言葉を繰り出したのち、ふん、と不愉快そうに鼻を鳴らして、李斯様は正面に向き直った。

「確かに、滑稽だ。だが、それが法治というものなのだ」

その声には俺や上役に対してではなく、正面に続く暗い一本道に向け宣言するような、どこか孤独な響きが漂っていた。重苦しい沈黙が舞い戻り、俺はただ息を潜め、上役のあとに従った。通路の終点に篝火《かがりび》が待っていた。李斯様が片手を挙げ、衛兵が素早く鉄の扉を開ける。そのものものしい雰囲気から予期したとおり、扉の先は獄舎だった。

「見えぬ。明かりを持て」

李斯様の声に、獄吏が手燭とともに走り寄る。

「面通しだ。案内せよ」

獄吏は無言でうなずき、先だって歩き始めた。天井が低く、空気も悪い。途中、脇《わき》の穴ぐらのようなところに、男が一人倒れていた。獄吏の明かりが男をわずかに照らし出したとき、果たして影だったのか、それとも血か、男の下にどす黒い溜《た》まりのようなものが見えたが、すぐに目をそらした。

明かりの揺れが止まり、李斯様が回りこむような動きで壁際に立ち、

「京科」

といきなり俺の名を呼んだ。

李斯様の前には台が置かれ、そこに裸形《らぎょう》の男が横たわっていた。李斯様の視線は男

の顔に注がれていた。ああ、俺の名を呼んだわけではない、と承知したとき、

「どうだ」

と李斯様が顔を向けた。上役が前に行けと、場所を譲る。俺は台を挟むように李斯様の正面に立ち、男の顔をのぞきこんだ。獄吏が俺の動きに合わせ、手燭をかざす。どんな剣の達人でも、ひと突きで相手を倒すことは難しい。実際は何度も刃を叩きつけ、それの出血がもとで死ぬのだ、と戦場での経験がある同僚から聞いたことがある。その話を証明するかのように、賊の顔の半分は石榴《ざくろ》のように割れ、醜く腫《は》れあがり、土気色の上半身にも、幾条《いくすじ》もの刀創が浮かび上がっていた。

死体は口を開けていた。必死に陛下の命を追い求め、叫びながら死んだのかもしれなかった。しかし、俺にはその絶叫は届かなかった。

「アア、マッタク、残念ナコッチャ」

あのときの、天を仰いで放った衛の訛りが、薄暗い獄の天井から降ってきた。荊軻だった。いい加減な占者のせいで割を食った気の毒な男が、あちこち切り刻まれ、骸《むくろ》となって俺の前に仰臥《ぎょうが》していた。

邯鄲で会った男に間違いございません、と告げた。落ち着いているつもりでも、自然に声が震え、勝手に足が後退《あとずさ》り、上役にぶつかってようやく止まることができた。

広間に戻り、李斯様にもう一度、邯鄲でのことを報告してから、俺は上役とともに退室した。

三日後、荊軻は他に捕らえられた燕の外交使節の面々とともに、四肢を切り離される刑を受け、その首は路傍の木に晒された。警固が何ら機能せず、陛下自ら刺客を手にかけたなどという不始末が流布《るふ》されるのは許されなかったのだろう。あくまで事前に計画が露見し、生きたまま捕らえられたという体裁を繕ったのち、荊軻は二度目の命を奪われた。

＊

季節が変わるのを待っていたかのように、燕を討つ軍勢が咸陽を出立した。秦王を匕首のひと振りで屠《ほふ》らんとする小国の企ては、逆に巨人の逆鱗《げきりん》に触れ、自らの滅亡を早めるだけの結果に終わるのだろう。

荊軻らの処刑ののちも、厳重な箝口令《かんこうれい》が敷かれていたにもかかわらず、あの日、殿中で起きた出来事が、時が経つにつれ、徐々に漏れ伝わってきた。李斯様が「執拗」という表現を用いたとおり、入秦に際しての燕の準備は徹底していた。彼らは陛下との謁見を果たすために、二つの大きな手土産を持参した。ひとつは首だった。裏切り者として燕に亡命していた、かつての秦の将軍を殺し、その首を恭順の証《あかし》として差し出した。これにより、陛下と直接見《まみ》える約束を得た。さらに督亢《とくこう》の地図を進呈した。燕の最も肥沃《ひよく》な土地を割譲する意を示すことで、あの長い階を隔ててではなく、陛下の面前にて地図を披露する機会を設けたのである。

ただし、陛下との謁見の場に参列を許されたのは二人だけ、さらにその御前に進むことができたのは、うち一人だった。荊軻がその役を担《にな》った。地図を描いた帛《はく》（絹）の巻物をほどき、その端を陛下に持たせた。土地の説明を続けるふりをしながら、巻物の芯《しん》の部分に潜ませていた匕首を引き抜き、いきなり陛下を襲ったのである。匕首には毒が塗られていた。およそ外しようのない距離だったという。しかし、荊軻の刺突《しとつ》は陛下を傷つけることはなかった。左手で陛下の袖をつかみ、右手で匕首を繰り出したとき、たまさかその袖がちぎれたのである。

俺にこの話を教えてくれた同僚は、その場面で俺の袖をぐいと引っ張り、

「これくらいの力でちぎれたのだ。よほど、いい加減に縫ったのだろうな」

と苦笑して見せた。

陛下は長剣を携えていた。何とか荊軻の一撃を逃れ、剣を抜いた。追ってくる荊軻

を、典医の投げた薬袋が足止めした。まともに相対しては、匕首と長剣では勝負にならぬ。体勢を整えた陛下は、荊軻を打ち倒した。それから、ようやく衛兵を呼ぶ命を発し、彼らが賊にとどめを刺した。

「もう一人の燕の仲間は、すっかり臆《おく》してしまい、階の下から一歩も動けぬまま、衛兵に捕らえられたそうだ」

その同僚の口ぶりのどこかに、荊軻の勇敢さを無意識のうちに認める気配を感じ、俺は机の竹簡を集め立ち上がった。すでに終わりの鐘は鳴っている。上役の前の秤に、一日分の竹簡を置いた。机の向こうの上役はちらりと秤の皿に視線を寄越し、規定の重さを超えていることを見て、無言で手元の竹簡に戻っていった。

*

出陣した軍勢が易水《えきすい》の西で燕軍を大いに打ち破ったという知らせが咸陽に舞いこむのと入れ違うように、俺は出張という名目でひさしぶりに邯鄲への里帰りを果たした。

家に寄り、父母に挨拶《あいさつ》してから訪れた古巣の役場は、咸陽からの査察を迎えるにあたり、見るからに張り詰めた空気を漂わせていたが、担当が俺と知れるや、それは歓

声に取って代わられた。役場の長は俺の背中を乱暴に叩《たた》き、

「京科がこんなに出世できるなら、儂自ら、咸陽に行けばよかったわい」

と言って皆を笑わせた。

夜には歓迎の宴が開かれ、馴染《なじ》みある趙の訛りに囲まれ、俺はしたたかに酔っぱらった。その席で、燕がいくさに大敗したという話の流れから、一人が荊軻の件を持ち出した。もちろん、話の中に荊軻という名前は出てこない。ましてや、この場の数人が、二年前の試験で荊軻と顔を合わせていたなど、当人らは知る由《よし》もない。一方で、秦王襲撃当日の話は、驚くほど詳細に伝わっていた。黙って彼らの声を聞くうち、俺は次第に酔いが引いていくのを感じた。咸陽では周囲の目を気にして、小声でしか口にできぬ内容が、一歩外に出るや、こうもあけすけに語られることに、世の現実を見せつけられた気がした。とりわけ俺が強く衝撃を受けたのは、荊軻の行為が、明らかに賞賛の色を帯び語られていたことだ。なかには「義」という言葉を持ち出して、一人秦王に立ち向かった勇敢さを称《たた》える者までいた。

依然、趙の治世を懐《なつ》かしむ声が強く、秦への忠誠が低い土地柄であることを差し引いても、荊軻への眼差《まなざ》しのあり方は、俺の想像をはるかに超えていた。咸陽の官吏の中にも、その蛮行を愚かとは断じつつも、心の隅でその勇気を密かに認めている者も

少なくない。だが、ここまであからさまな支持の声が上がっていることを、果たして咸陽の人々は気がついているのか否《いな》か。

不意に、竹簡を手のひらに広げ、背中を丸め、目を皿のようにして手元を眺める李斯様の姿が脳裏に浮かんだ。李斯様が築かんとする雲は、そうは易々《やすやす》と広がらぬかもしれない。俺は暗い気持ちで、盃《さかずき》に残った酒をあおった。

宴が終わり、家路に就いた。家屋をのぞくと、父母はすでに寝ていた。妙に目が冴《さ》えて眠る気になれず、離れに向かった。扉を開け、咸陽に出立する前と変わらぬ位置に収まっている、壁際の棚の函《はこ》を引き出した。底を探り革袋を抜き取る。外に出て袋の口を開けると、月明かりを受け、古ぼけた竹簡が現れた。

地面に腰を下ろし、竹簡の紐を解いた。手のひらにゆっくりと広げる。すでに綴じ紐のあちこちがほつれ、影となって跳ねている。荊軻自ら写したものだったのだろうか。黒い染みのように浮かぶ、決して上手とは言えない文字を月の光にかざした。

誠実な法家の徒であったはずの男が、なぜ刺客にまで成り下がったのか。俺は今も、荊軻の行動を理解することができない。誰も法家のことなど知らぬときから、この竹簡を読みこんでいたのだ。極めて優れた先取の気質があったことは疑いない。俺が聞いた話では、燕の太子の相談役に抜擢《ばってき》され、その能力を純粋に評価され上卿《しょうけい》まで上り詰めたのだという。再起を図った地で、彼は見事成し遂げたのだ。にもかかわらず、彼が学んだ道――、法家の思想がまさに結晶化されたと言っていい都城に、刺客として乗りこんできた。毒を塗った匕首《あいくち》を持ちこみ、この竹簡の中身が示す志そのものである秦王の心臓を止めようと図った。

なぜだ、と俺は問いかける。俺は決して荊軻が勇敢だったとは考えない。ましてや、荊軻が義士などであるはずがない。陛下の御前にたどり着くまでの周到な計画は見事かもしれぬ。だが、上卿になるほどの賢明な男なら、匕首を扱うに際し、己の腕の悪さを誰よりも知っていたはずだ。結局、かすり傷さえ相手に与えることなく、呆気《あっけ》なく荊軻は命を落とした。

「アア、マッタク、残念ナコッチャ」

ひどく悲しげな衛の訛りが、地面に染みついた俺の影のあたりから聞こえてくる。

俺は手のひらの竹簡を乱暴に巻き取り、立ち上がった。

企ては完全な失敗に終わったにもかかわらず、皮肉なことに、荊軻の行動は人々の心に何かを植えつけた。巷《ちまた》では、「燕人刺秦」などという言葉で、その義挙が伝えられていると先ほどの宴で聞かされた。あの出鱈目《でたらめ》な占卜の結果さえ違っていたなら、今ごろ彼らと何ら変わらぬ小吏としての人生を送っていたかもしれぬ男は、いつの間にか、ひと振りの匕首でもって大国と対峙《たいじ》する存在にまで成り上がったのだ。家に入り、竈《かまど》の前から火打石と枯れ草の束をつかみ、ふたたび外に出た。人々はこれからも荊軻の行為をよろこんで伝え続けるだろう。秦がいよいよ強大になるに比例して、王を斃《たお》そうと試みた英雄として、担《かつ》ぎ上げられることもあるかもしれない。誰も荊軻の本当を知らない。にもかかわらず、誰もが荊軻を知ることになるのだ。

「荊軻、荊軻、荊軻――」

と繰り返しながら、火打石をぶつけた。途中から、己の名か、どちらの名を呼んでいるのか、わからなくなってきた。それでも、呼び続けた。いったい、人々は何を見ているのだ？　あの男が何をしたというのだ？

「荊軻、荊軻――」

石を打つ手を止め、空を見上げた。月が淡い雲に隠れ、薄明かりとなって滲《にじ》んでいた。我々はあの雲になろうとしている。とてつもなく大きな野望を掲げ、誰もが成し得なかったことを成し遂げようとしている。それを前にしたとき、荊軻の行為など、ただその手が握る匕首が何に触れたかを問うものでしかない。それなのに、人々は気づかない。雄大を粗暴と貶《おとし》め、卑小を純粋と讃《たた》え、蛮を義に取り違え、新たな物語を競って紡《つむ》ぎ始める。我々がこれから生み出そうとしている新たな世界を、彼らはまったく見ようとしない。

　無性に叫びたくなる気持ちを抑え、ひとつ石を打った。弾《はじ》けるように、幾つもの火花が飛び散る。なかなか枯れ草に移らず、苛立ちながら何度も石を打つ。ようやく枯れ草に火が宿る。風を送り、ゆっくりと炎が立ち上がるのを待ってから、竹簡をその先端に近づけた。

　荊軻とは、この小さな火種だ。頭上を仰ぎ、見渡さぬ限り、人は空を覆《おお》う雲の広大さに気づかない。されど、闇に灯《とも》った火種は誰の目をも容易く惹きつける。ならば、俺は何なのだ？　空に雲を作るまでには到底なれず、大地に染みこむ強雨にもなれず、今はまだ、こうして竹簡に移った火に照らされ、地面に間延びした姿を晒す、あの男に産み落とされた一片の影にすぎぬではないか。

「荊軻」

　己ではなく、はっきりとあの男の名を呼んだ。

「お前はあの日、何も知らぬ俺に道を授けた。そして、お前はこの道を捨てた」

　紐の端を持ち、竹簡を開いた。乾いた音を立て、巻かれていた竹簡が闇に躍る。ふらふらと揺れる表面を炎が舐《な》めるように走り、瞬《また》く間に文字の列を赤く覆い尽くす。

「あと少しで、この世界は一つになる。そのときは、せいぜいあの世で思い知れ。本当はお前が進むべきだった道の行方をしかと見届けるのだ。ときに苛烈《かれつ》に振る舞うことがあっても、法こそがこの世界を束ね、人々を公平に導く唯一《ゆいいつ》の存在だと俺は信じている。この竹簡はお前に返す。もう、お前から続く道ではない。これからは、俺一人が進む道なのだ」

一気に言葉を連ねたとき、紐が炎に食いちぎられ、支えを失った数十の竹札のかたまりが、火の粉を弾き飛ばしながら、いっせいに地面に舞い落ちた。

かすかに、返事を聞いた気がした。

そうだ、荊軻。俺はもうお前の名を口にはせぬ。

父 司馬遷
ちち しば せん

馬が死んだ瞬間を見たことがある。

祖父の墓参りのため、父に連れられ雒陽《らくよう》まで行った帰り、馬車の荷台に揺られ、ぼんやりと後方の風景を眺めていたら、街道の左右に広がる草原を走っている馬に気がついた。乗り手もいないただの一頭が、たてがみを靡《なび》かせ、優雅に駆けている。こちらに尻《しり》を向け、少しずつ小さくなっていく。思わず身を乗り出し、食い入るようにその姿を見つめる私の視線の先で、馬は脚を止めた。

そのまま、ゆっくりと横に倒れた。

それきり、二度と起き上がらなかった。

草むらからのぞく黒い腹の隆起が見えなくなるまで、私は声もなく荷台から馬の影を追った。

三日滞在したはずの雒陽の記憶は、何も残っていない。ただ、この馬の一件のみが、今も鮮烈に脳裏に刻まれている。

もっとも、私がこの話を口にするたび、二人の兄は「またか」という表情を寄越す。彼らも荷台で私の隣に座り、同じ景色を眺めていたはずなのに、いっさい馬を見た記憶がない。あんな街道沿いを裸馬が勝手に走っているはずないだろう、と兄たちは言う。そのくらい、私もわかっている。だからこそ、こうして今も覚えているのではないか、と反論しても、兄たちはいよいよ嗤《わら》って取り合わない。あのとき栄《えい》は三歳だぞ、あてになるものか、と鼻先であしらわれて仕舞いである。

父が帰ってきたことを母から聞かされたとき、なぜか、音もなく草むらに倒れるあの馬の姿が脳裏に蘇《よみがえ》った。父が無事生きて獄から戻ったにもかかわらず、どうして私はよりによって畜生の死などを思い浮かべたのだろう。

その知らせを娘に伝える間、母は最後まで父のことを「あの人」と呼んだ。それは隣の部屋にいる、新たな夫となった男への忠誠を示そうとしていたのかもしれず、すでに離縁した父への本心の表れだったのかもしれず、冷えきった声には、ただ血の繋《つな》がった子らに最低限の務めを果たそうとする、どこまでもよそよそしい響きが漂っていた。

私たち兄妹《きょうだい》の間で、この三年、父のことはほとんど話題に上らなかった。あるいは、すでに死んだものと、どこかで思いこんでいたのかもしれない。それだけに、仕事の帰りに呼びつけられ、私と並んで母の話を聞いた兄たちの動揺は激しかった。二人は揃《そろ》って、父を罵《ののし》った。何度も「恥」という言葉を口にした。私は父の顔を思い浮かべようとしたが、どうにもはっきりと思いだすことができなかった。ただ、離れにて、机に顔を近づけ、何かを書き続けている姿ばかりが残像となってまぶたにちらついた。どうして、そんなことを申し出たのか、自分でもよくわからない。

父の様子を見にいってもいいか。

兄がそれぞれの家に帰り、今の父である男も外に出かけ、母と竈《かまど》の前で二人きりになったとき、不意に口を衝《つ》いて出た言葉だった。母は無言だった。その目に浮かぶ表情は相変わらず険しく、いっそ嫌悪《けんお》と言ってもいいものさえのぞいたように思う。母は何も返さず、ため息とともに手にした包丁を洗い物の桶《おけ》に放りこんだ。私はそれを諾《だく》の意と受け取った。

もっとも、自ら母に申し出たこととはいえ、私にも身構えるものがあった。父に対し、明白に途切れたものを抱くのは、母や兄と変わらぬし、それを拭《ぬぐ》うのは容易ではないと知っている。翌日は雨だった。雨がやんでも、道がぬかるんでいることを理由に、二日、三日と出かけるのを引き延ばし、四日目になってようやく市を突き抜け、すでに懐《なつ》かしさすら覚える道をたどり、かつての家を目指した。

*

父は帝《みかど》から死を賜った。

朝早くに刑吏がやってきて、いつものように出仕の支度をしていた父を、理由も告げずに連れていった。それきり、父は帰ってこなかった。数日して、父に死罪が下されたことを母から教えられた。部屋の隅に座りこみ、母は呆然《ぼうぜん》と暗がりを見つめていた。父は何をしたのか、と訊《たず》ねる私に、上の兄が、帝の御前で逆鱗《げきりん》に触れることを口にしたのだ、と言った。それを聞いて私は驚いた。宮殿に出仕していることは知っていたが、まさか帝と直接言葉を交わすほどの役職に就いているとは夢にも思っていなかった。父は何を言ったのか、と重ねると、下の兄が、匈奴《きょうど》に寝返った将を弁護したのだ、と怒りを押し殺した声で答えた。

私や兄が生まれるずっと前から、遠い北方で匈奴との戦いは続いていた。なぜ、父がそんな裏切り者の弁護をしたのか、誰も理由を答えることができなかった。しかも、その将とは、平生からの交わりもほぼなかったという。

平穏に満たされていた生活は、突如暗転した。横になったきり動けなくなってしまった母に代わり、兄たちが父のために奔走した。上の兄がひとりの若い男を連れてきた。任峻《にんしゅん》という名の、貧相な顔立ちの男だった。太史令《たいしれい》を務める父の下で働いていたという。この長安《ちょうあん》で長年官吏を続けていたにもかかわらず、私たち家族のもとまで足を運んでくれたのは、結局、このいかにも小吏といった、痩《や》せた男ひとりだった。しかし、彼もまた無力だった。任峻は母に法の仕組みを伝え、五十万銭を納め罪を贖《あがな》えば、死を免れることができると教えた。それは父の俸禄《ほうろく》の十五年分を超える額だった。そんな途方もない財があるはずもなく、母はふたたび沈黙の底に沈んだ。兄たちが親族のもとに足繁《しげ》く通い、懇願を繰り返しても、誰も助けの手を差し伸べようとしなかった。任峻もまた、父の友人らに助力を求めたようだが、一人としてその声に応じる者はいなかった。帝の直接の勘気をこうむった人間に関わり、累《るい》が及ぶことを皆が恐れたのだ。

獄につながれた父は、ただ刑の執行を待つだけの哀れな罪人だった。次に官吏が家を訪れるとき、死の知らせがもたらされるのだろう。私は母の隣で石のように縮こまり、日々、吐き気を堪《こら》えながら、終わりの訪れを待った。

しかし、いくら待てども、そのときはやってこなかった。代わりに、状況が絶望一色に染まってからは姿を見せなくなっていた任峻が、父が死を免れたことを息せき切って告げにきた。されど、その顔に歓喜の表情はなかった。確かに父は死を免れたが、決して罪そのものを許されたわけではなかった。それが意味するところを任峻はまず母に伝え、それから兄たちに伝えた。私はすでに十二歳だったが、まだ幼い末娘と見なされたか、ただ首を横に振り、悲しげな一瞥《いちべつ》を送っただけで、任峻は立ち去った。

それまで私たちの前で一度も泣くところを見せなかった母が、それから三日間、ひたすら嗚咽《おえつ》を繰り返した。兄たちは夜遅くまで家を空け、朝方二人して顔に派手な怪我《けが》をこしらえて帰ってきてからは、いっさい家から動かなくなってしまった。父の身に何が起きたのか、確かめる気になれなかった。ただ、決定的な断絶が、母たちと父との間に生じたことを膚《はだ》で感じた。

やがて母方の親族がやってきて、私たちを家から引き離した。母は父と離縁し、半年後、親族らの勧めるがまま、妻を病で失ったばかりの新しい男の元に嫁いだ。兄たちは名前を変え、新たな仕事に就いた。遠祖から続いてきた名を捨てることに、兄たちは何の躊躇《ちゅうちょ》も見せなかった。この都で生きるために、それは必要なことだった。父は帝の不興を買った。まだ世間を何も知らない私でさえ、帝という存在を思うとき、鈍色《にびいろ》に塗りこめられた空がそのままのしかかってくるような、絶対的な大きさ、おそろしさを感じた。私たちは父を捨てることで、その重圧から逃れる生き方を選んだのだ。

二人の兄はその後、ともに妻帯し、今は別々の場所で暮らしている。兄たちに、父に会いに行くことは伝えていない。もしも、このことを聞いたら、彼らは反対しただろうか——。

市を抜け、水路に架かる古い橋を渡り、土塀が連なる先にかつての家の屋根が見えてくると、急にあたりの空気が馴染《なじ》みあるものに変化した。

ゆるやかな勾配《こうばい》の坂道を上りきったところに構える家の入り口は、心なしか小さくなったように感じた。いや、そうではない。自分のほうが大きくなったのだ。妙にくすぐったい、落ち着かぬ気持ちを弄《もてあそ》びながら、敷地に足を踏み入れる。三年ぶりに訪れた家はまるで変わっていなかった。私たちが去ったとき、外に放り出した椅子《いす》がそのまま地面に転がっていた。兄が怒りに任せ、壁に打ちつけ砕いた皿や壺《つぼ》が、欠片《かけら》となって散らばっていた。

父はまだ帰っていないのか。

湧《わ》き起こる不審の感情とともに、おそるおそる開け放されたままの戸口から家屋の内をのぞいた。人の姿はないが、食事のあとが残っていた。入り口脇《わき》の甕《かめ》の蓋《ふた》を持ち上げると、新しい水が溜《た》まっている。やはり、父は帰っている。

私は離れに向かった。

離れは父の城だった。市で見かける書肆《しょし》などよりも、はるかに多くの木簡や竹簡が、壁に作りつけられた棚一面に差しこまれていた。さらには星を観察するための道具が所狭しと床に並んでいた。離れに入ることを認められたのは兄たちだけで、女の私は許されなかった。ただ、戸は開かれていることが多かったので、兄たちが父から読み書きの手ほどきを受ける間、外からのぞきこんでは、窮屈な時間を耐え忍んでいる二人が、交互に苛立《いらだ》ちの視線を送ってくるのを見て楽しんだものだった。

こんな形で、はじめて離れに入る日がこようとは——。閉じられた戸の前で足を止め、父を呼ぼうとしたが、喉《のど》につっかえたものが声を押さえこんだ。静かに取っ手に触れようとしたはずが、先に出た足が派手に戸を蹴《け》ってしまった。仕方がないので、思いきって引き戸を開けた。

薄暗い室内に光が差しこむ。

誰もいない、と肩にこめていた力を抜こうとしたとき、床のあたりで何かが動いた。思わず声が漏れるのを引き取るように、黒い影がのそりと身体《からだ》を起こした。

「誰だ、何の用だ」

私は勝手に、三年も獄につながれた父は、かつての任峻のような痩せ細った身体になっているものと想像していた。しかし、目の前の父は、三年前よりもひと回り、いや、ふた回りは大きくなっていた。薄闇《うすやみ》に浮かぶ、丸くなった顔をぼんやりと眺め、ようやく、髭《ひげ》がないことに気がついた。あごから耳までを覆《おお》っていた髭が消え失《う》せ、そのせいで首回りについた肉が余計に目立って見えた。

三年前、任峻には教えてもらえなかったが、今では私も知っている。

上の兄が、母のいないところで教えてくれた。

父は人ではなくなった——と。

視界が妙に揺れていた。やはり、父の顔を認めたときから、頭の隅に浮かぶのは、雒陽からの帰り道、草むらに倒れこむ馬の姿だった。揺れる馬車の荷台から、馬の腹が遠ざかっていく。隣に座る兄が、暗い声で私に語りかける。

司馬遷《しばせん》という名の俺たちの父は死んだのだ——と。

私は逃げた。

＊

坂を駆け下り、水路に架かる橋の上でようやく足を止めた。市からの帰りだろう、籠《かご》を脇に抱えた女が三人、すれ違いざま訝《いぶか》しそうな表情を向けてくる。なかに知っている顔を見た気がしたが、相手は私に気づかないようで、すぐに姦《かしま》しいおしゃべりに戻り、坂道を上っていった。

橋から見下ろす水路の流れに、歪《ゆが》んだ己の顔が浮かんでいた。胸の動悸《どうき》はまだ収まらない。首筋に手をやると、髪が汗で貼《は》りついていた。

息を整えながら、離れで見た光景を何度も脳裏に蘇らせた。

戸を開けたときは、父にばかり注意が引き寄せられたが、目が慣れるに従って、薄暗い床一面が、得体の知れぬ木片で覆われていることに気がついた。それらがすべて、星を観測するための道具を打ち壊したものであり、さらには棚を埋めていた竹簡や木簡はことごとく引きずり下ろされ、棚もひとつ丸ごと倒されているのを見て、息が止まった。そのとき、声が聞こえた。何と言ったのか、わからなかった。ひょっとしたら、「栄」と私の名を呼んだのかもしれなかった。散乱する木片のなかに倒れている人影が上体を起こし、手を差し伸べてきたとき、私はぎゃっと叫び声を上げ、走りだしていた。

水路の流れから視線を持ち上げ、額の汗を袖《そで》で拭《ふ》き取る。坂に沿って歪みながら連なる土塀の先に、家の屋根がのぞいていた。私がよく覚えている父の姿は、あの屋根の上に道具を運び、毎晩星の動きを調べているときのものだ。あとから兄に、新しい暦を作る仕事に取り組んでいたことを教えてもらった。その話を聞いてはじめて、父が宮殿で何をしているのか、わずかに理解することができた。

それだけに、未《いま》だ見たものを信じることができなかった。

何もかもが打ち壊され、無惨《むざん》な木片と化していた。

どれも、同じ太史令の職にあった祖父から受け継ぎ、父が何よりも大事にしていたはずの観測の道具だった。幼い頃、兄たちが勝手に離れに入り、道具に触れ遊んでいたことがあった。それを見つけた父は、有無を言わさず二人を外に引きずり出し、容赦なく打擲《ちょうちゃく》した。以来、私を含め、子らは離れへのいっさいの入室を禁じられ、それは下の兄が十二歳になり、兄弟揃って父から読み書きの教えを授けられるようになるまで続いた。

私たちが家を去る日まで、離れは父が連れて行かれた日のまま、誰も手をつけなかった。ならば、あれほど思い入れのあったものを、父自らの手で壊したというのか。

不意に、本当に父だったのだろうか――、という疑問が心に芽生えた。薄闇に紛れ、見間違えたということはなかったか。そう考え始めると、急に自信がなくなってくる。

思い返してみると、父とは声そのものが違っていたような気がする。そもそも三年も獄中にあって、ああも身体に肉がつくものなのか。顔だってロクに確かめる時間がなかった。相手に髭《ひげ》がなかったことは間違いない。しかし、なぜ父が髭を剃《そ》る必要があるのか。まともな大人なら、髭をたくわえる。私の知る父も当然、濃いあご髭を常に耳元までたくわえていた。

もう一度、離れを確かめたら済む話だが、もしも見知らぬ男が居着いて、好き勝手に父の道具を壊していたのならと思うと、一人で戻る勇気を持てなかった。

自然と、足は帰路へと向かっていた。市への道すがら、ずっと父のことを考えた。まるで、これまでの三年間、あえて頭の中から追い払っていたぶんの帳尻を合わせようとするかのように、ともに暮らしていた頃の記憶が滲《にじ》み出してくる。

もっとも、私には、父とまともに話した思い出がほとんどない。

食事の時間以外は、離れに閉じこもってばかりいた父だった。新しい暦を作る仕事を終えてからは、夜中に道具を持ち出し星の様子を測ることは稀《まれ》で、ひたすら机に向かって書き物ばかりしていたように思う。むかし兄が北の空を指差し、北辰《ほくしん》（北極星）の位置を教えてくれたことがあった。さらには、頭上に確認できるだけの二十八宿の星官を次々と指で描いて見せてくれた。私は素直に兄をうらやんだ。兄たちが離れへの入室を認められたのは、いつか祖父から続く太史令の職を継ぐ日がくるやもしれぬ、と父が考えたからだ。文字や書の知識を授けるだけではなく、星を観《み》るための道具の使い方も、父は兄たちに教えた。それらの道具がきっかけで、兄たちが父を赫《かく》怒《ど》させたことは、すでに昔日《せきじつ》の思い出となっていた。

そう、すべては過ぎ去ったのだ。

兄たちはとうに勉強をやめてしまった。やむをえぬことだと思う。父の教えた学問も、官吏への道が閉ざされた以上、無用のものと成り下がった。生きるため、兄たちは司馬の名も捨てた。すなわち、父の子であることを捨てた。兄たちからすれば、父を切ったのではなく、むしろ父に切られたと見るだろう。兄たちの前に広がっていた道は、父によって永遠に閉ざされたのだ。

皮肉な話だと思った。

父が兄たちを大事にする一方で、女の私は常に輪から弾《はじ》かれ一人だった。父から言葉を与えられるのは、兄たちばかり。それがこうして、私だけが父の様子を確かめにきている。ただ一人、肉親として。

母には何と伝えたらよいか考えながら、市の真ん中あたりを通り抜けたとき、その前に兄に相談すべきだと思い至った。上の兄は行商の仕事で遠い都市《まち》を回っている。

一方、下の兄は市の外れにある、羹《あつもの》を出す店で働いていた。進路を変え、兄の店を目指した。軒の構えが視界に入る前に、匂《にお》いが店に近づいたことを教えてくれた。店は広く、いつも人で賑《にぎ》わっている。入り口からのぞくと、これまで何度か顔を合わせたことのある店のあるじが、兄を呼んでくれた。店の中央に構える、大鍋《おおなべ》を抱えた竈《かまど》の前に屈《かが》み、兄は火の様子をうかがっていた。あるじの声に顔を上げた兄は、私の姿に気づくと、持ち場を隣の男に任せ、外に出てきた。

「どうした」

私の様子が常ならぬことを察したのか、顔じゅうに玉となって貼りつく汗も拭わず、兄が問いを発した途端、離れをあとにしてからずっと溜めこんでいたものが、堰《せき》を切ったかのように喉の奥から溢《あふ》れ出した。

兄はそれらを最後まで黙って聞いた。

話し終えた興奮で、ふたたび高まった胸の鼓動を鎮《しず》める私を、兄は険しい眼差《まなざ》しとともに見下ろし、したたる顔の汗をようやく袖で拭った。

「馬鹿《ばか》が――。なぜ、勝手に行った」

と低い声ながら、存分に怒りのこもった調子で言葉を吐き捨てた。

「父だ」

「え？」

「俺も会いにいった。獄を出たとお袋に教えられた日に、兄貴といっしょにな。あれは父だ。男ではなくなった者は、女に近づく。声は高くなり、髭は生えなくなる。身体も太る。あれはもう、男ではないのだ」

父と話したのか、とおそるおそる訊ねる私に、兄はあからさまに侮蔑《ぶべつ》の表情を浮かべ、

「あれは抜け殻だ。魂の消えた抜け殻だ。俺はさんざんに罵ってやろうと思っていた。だが、その価値さえなかった。兄貴も実際にあれを目の前にして、言葉を失っていたよ。俺たちが知る父はとうに死んだのだ。もっとも、それは……、刑を受け入れたときから、わかっていたことだがな」

と口元を歪めた。

男の四人連れが、大声で笑いながら店に入っていった。それらの背中を目で追い、「もうあの家には行くな」と言い捨て兄は店に戻った。私はしばらくその場に突っ立ち、ふたたび兄が竈の前に屈むのを見つめた。

兄は旧《ふる》い書を読める。星官の知識さえある。そんな若者が、この長安にいったいどれくらいいるだろう。にもかかわらず、兄に任された仕事は、湯気を噴き上げる大鍋

を満たす、羹のあたため具合を確かめることだ。

*

宮刑《きゅうけい》というものがある。

父は帝から賜った罪を、銭で贖うことができなかった。死罪を許されるため、父に唯一残された方法は、宮刑に処せられることだった。

宮刑は、男が男ではなくなる刑だ。それを腐刑《ふけい》と呼ぶ人もいるという。内容を詳しく知らずとも、この耳から聞いただけで、そのおぞましさが十分に伝わってくる刑を父は受け入れた。さもなくば、父は腰を斬《き》られ死んでいた。

兄たちはそれを認めることが出来なかった。どれほどの生き恥を晒《さら》そうとも、この世に留まることを選んだ父を許せなかった。父の恥は、そのまま兄たちの恥として刻まれ、彼らは父の子であることを捨てた。

家に戻っても、母に父のもとを訪れた話を伝えることができなかった。

半日、私が家を空けた理由に気づいているはずだが、母も決して父のことを訊ねようとしなかった。辛辣《しんらつ》な兄の言葉は熱をもって、寝床に入ってからも胸の底で疼《うず》いた。

体型も、声も変わってしまう。髭すらも消えてしまう。兄は、「女に近づく」と言っていた。そんな奇異なる変化《へんげ》を、人が人に対し起こし得るということが、俄《にわか》には信じられなかった。しかし、私は確かにその変化をこの目で見て、耳で聞いた。さらに、兄は父のことを、「魂の消えた抜け殻」と言った。あの道具の残骸《ざんがい》が散乱する床に伏し、父は何を考えていたのか。長らく刀筆の吏を勤めていた父ならば、十分に知り得たはずだ。宮刑を受けた者を待ち受ける、空虚で、孤独で、惨《みじ》めな現実を。その家族に容赦なく注がれる、世間の冷たい視線を。それでも、父は宮刑を選択した。

なぜ、父は死を選ばなかったのか——？

決して口にはできずとも、誰もが心に秘している思いに、気がつくと私もまどろみのなかで触れていた。

私は兄たちのように、父への怒りは感じない。拳《こぶし》を握りしめ、恥だと罵ろうとも思わない。それはきっと、父との距離の裏返しなのだろう。兄たちと同じ激情を抱くには、私と父との距離はあまりに遠く、その決断を理解するには、父そのものを知らなすぎた。

眠りに落ちる寸前、いや、すでに夢に溶けこんだあとだったかもしれない。古い記憶が蘇った。

幼い頃、よく兄と竹簡を作った。父が離れで書きものをするために使う竹札を用意するのだ。節を外して竹を細く割り、それを殺青《さっせい》する。火で炙《あぶ》り、竹の汁を追い出し、虫に食われないようにする。出来上がった簡を父に渡すと、気まぐれにわずかな駄賃を貰《もら》えることがあった。

そのとき、殺青を終えた竹簡を籠いっぱいに詰めこみ、私は一人で離れに向かっていた。戸口で声をかけると、机で書き物をしていた父が立ち上がり、籠を引き取りにきた。父は地面に置いた籠の前に屈み、手にした筆を口にくわえ、籠の中に両手を突っこんだ。形が悪いもの、炙りすぎて色が変わってしまったものを選り分け、籠を手に立ち上がった。

今回は駄賃が出なかったことに、密《ひそ》かな失望を感じながら、地面に残された不良の札を拾い上げたとき、ふと父の口元に挟まったままの筆に視線が止まった。

それまで兄がいるところでは、どうにも気恥ずかしくて、言えなかったのだと思う。「榮」という字を教えてくれないか、と私は父に頼んだ。

父は籠をいったん下ろし、私の手から札を一枚引き抜いた。口元の筆を手に持ち、几帳面《きちょうめん》な筆づかいで一字を記してくれた。そのとき、私ははじめて己の字を知った。

「どうしてこの字にしたか、お前は知っているか」

と父は訊ねた。私が首を横に振ると、父は棚から一巻の竹簡を引き抜き戻ってきた。

「これは父が残したものだ。ここに書いてあることを、私は幼い頃、何度も父から話して聞かされた」

と紐《ひも》を解き、手のひらに広げた。斜めにのぞくと真っ黒にしか見えない、文字で埋め尽くされた竹の表面を、大事そうに指で撫《な》でた。

それから、父は三百年も前に斉《せい》の国に住んでいたという男の話を始めた。義に篤《あつ》く、貴人からの頼まれごとを命を賭《と》して成し遂げ、最後は身元が割れぬよう、自分の手で顔の皮を剝《は》ぎ、目玉を抉《えぐ》り出し、腹を割いて腸《はらわた》を放ち絶命した、という凄絶《せいぜつ》なものだった。しかも、その頼まれごととは、他国の大臣を殺すという、どこまでも血腥《ちなまぐさ》い内容なのだが、意外だったのは、その口ぶりから、父がこの男に強い好感を抱いていると、うかがえたことだ。

さらに、話は男の姉に移った。男の屍《しかばね》は市に晒された。賊の身元を探ろうとしたのだが、誰もその正体に思い当たるところがない。そこへ、男の姉が話を聞きつけ、はるばる斉から駆けつけた。姉は弟の屍をかき抱き、

「士は己を知る者のため死す！」

と叫んだ。そして、弟が常に節義を重んじ、遂《つい》には己を信頼してくれた貴人のため

に命を捧《ささ》げたこと、さらにこの姉に累が及ぶのを危惧《きぐ》し、このような無惨な姿での死を選んだことを周囲に告げた。それを聞いた人々は、素性を晒すことで罪に問われることを心配したが、姉はそれよりも、このまま弟の名が人知れず埋もれることを悔やむ、と天に呼びかけること三度ののち、自ら命を絶ったという。

「この姉の名が栄だ。私がこの国で、いちばん尊敬する女の名、誰よりも真実を貫く勇敢さを持った烈女だ」

今も、私が間違わず書くことができる文字といったら、この「栄」くらいしかない。どうにも血腥すぎて、この姉弟の話を好きにはなれないが、それでも、あのとき父から名の由来を聞き、全身を駈《か》け巡った興奮と誇らしい気持ちは、父がどのような身体になろうとも、損なわれることなく、私のなかに息づいている。

*

十日後、ふたたび父のもとを訪れた。

水路の橋を渡ったところで、いったんは怖《お》じ気《け》づきそうになったが、歩みを止めず坂を上りきった。

ふたたび父と向かい合っても、臆《おく》せず話すことができるかどうか自信はなかった。だが、父と言葉を交わし、その姿をもう一度、確かめなければならぬと決めた。ひょっとしたら父も母に対し、伝えたいことがあるかもしれない。ならば、その役割を担《にな》えるのは、私しかいない。

家屋に人の姿はなかった。離れに向かうと、引き戸が開け放されている。とうに足音で気づかれているだろうから、咳払《せきばら》いをしながら中をのぞいた。

いつの間にか、道具の残骸は片づけられ、引き倒された棚も元の位置に立っていた。棚から落とされた竹簡はまだ戻されず、床の隅に積まれたままだった。肝心の父の姿はどこにもない。

拍子抜けした気分で、家屋に戻った。壁の足下に、兄たちが砕いた皿の欠片を見つけた。それからしばらく、三年の間、置き去りにされたものを片づけ、父の帰りを待った。地面に転がった、母がよく使っていた椅子を持ち上げようとしたら、木が腐っていたようで、いとも容易《たやす》く壊れてしまった。舌打ちをして腰を屈めたとき、入り口にふらりと人影が現れた。

父かと驚いて立ち上がったが、相手は似ても似つかぬ若い男だった。首が細く、あごが前に突き出た歩き方に、どこか見覚えがあると気がつくと同時に、

「栄殿か？」

と男から探るような声が発せられた。

任峻だった。三年ぶりの再会である。ただでさえ瘦せていた身体が、さらに細くなっていた。任峻は笑顔とともに、「大きくなられたなあ」と何度も繰り返してから、

「もう司馬遷殿とは、会われたのか」

と以前の、あからさまに子どもに向けられていた言葉遣いとは、ずいぶん異なった調子で訊ねてきた。十日前のことを告げるべきか逡巡《しゅんじゅん》したが、その躊躇を「否《いな》」の代わりに取ったようで、「ここ数日は朝から出かけて、夕方まで帰ってこない。どうも、毎日、市に通っているらしい」と返事を待たずに続けた。

「父の様子を——、見にきているの？」

「司馬遷殿が獄を出られたと聞いて、仕事の帰りに寄っている。離れのほうは、もう見たかい？」

私は無言でうなずく。

「あれでも、ずいぶん整理したのだ。私が見たときは、あんなものじゃなかった。道具は壊され、棚もひっくり返されて——。ひとまず片づけたが、竹簡はまだ手つかずのままだ」

こっちへ、任峻は離れの裏手を指差し、歩き始めた。

「私がまとめておいたものに、昨日、司馬遷殿が火をつけた」

火という言葉に、慌《あわ》てて任峻のあとを追う。離れの裏手、土壁の脇に固められた焼け跡の前で、任峻は足を止めた。燃え尽きてなお形を保つ木片に、私は声を失った。どれも観測のための道具だった。これが原因で、かつて見たこともない血相で、父は兄たちを、思わず母が止めに入るくらいの勢いでぶったのに――。

「もう太史令に戻ることはない、なら、必要もない、と言って、私が止めるひまもなく……。さらに竹簡も焼くと言いだし、それだけは絶対にいけない、と必死で思い留まらせた。でも、いつまた発作的な行動に出てしまうかわからない。私も仕事があるから、ずっと見ていることはできない。今日も心配しながら、ここまで急いで来た」

「どうして」

私は相手の顔を見上げた。

「もう、父とは関係ないでしょ？」

一瞬だけ合わさった視線を、任峻はすぐにそらした。

「司馬遷殿は正しかったのだ」

と苦しそうに顔を歪め、自分の手を見つめた。その手はほとんど蒼《あお》いと言っていいほど白く、羹の店で見た兄の手とはまるで膚の光り具合が異なっていた。

「三年前、司馬遷殿は一人だけ、李陵《りりょう》殿を擁護した。根拠もなく手前勝手に李陵殿を裏切り者と貶《おとし》めようとする群臣たちの軽薄を、御前で痛烈に非難し、李陵殿の高潔を信じると声高に宣言した。それが佞臣《ねいしん》どもの怒りを買い、あろうことか帝を欺《あざむ》いた廉《かど》で誣罔《ふもう》の罪に問われることになった。しかし、北方の地で、李陵殿は裏切っていなかった。司馬遷殿は正しかった。帝を欺いたのは、大勢の愚臣たちのほうで、ただ一人、司馬遷殿だけが帝に真実を告げていたのだ」

任峻の挙げた私の知らぬ名は、おそらく匈奴に寝返ったと聞いた将のことだろう。

任峻のあごを覆う髭を見つめ、「正しかった」という言葉を反芻《はんすう》した。今さら何の力も持たない、どこまでも虚《むな》しく響く言葉だった。

「私は司馬遷殿を助けることができなかった」

「別に、あなたのせいじゃない」

自分でも驚くほど、苛立ちが強く滲んだ声が口を衝いた。さらに、「あなたにできることじゃない」と続けようとしたが、ハッとした表情を寄越したのち、急にうなだれた男の横顔を見たら、言葉をぶつける気も霧散してしまった。

「もしも、蔵書を焼いてしまうと、司馬遷殿が宮刑に甘んじた理由がなくなってしまう――」

身体つきは痩せても、顔の雰囲気は以前とほとんど変わらぬ任峻だったが、筋張った首筋を見ていると不思議と年を取ったことが感じられた。

「司馬遷殿の友人や上司の元へ、罪を贖うための援助を頼んで回ったとき、誰もが、あれらの書は売ったのかと訊《き》いてきた。司馬遷殿の蔵書に、先代から譲られた値打ちある古書があまた含まれていることは、よく知られた話だったからだ。『先《ま》ず隗《かい》より始めよ』、銭を出せというなら、己の蔵書を売り払うのが先だろう、と彼らは口を揃えて言った。私は栄殿の母上にこの話を伝え、すぐさま書を売ることへの賛同を得た。私には獄吏に知り合いがいたから、司馬遷殿に話を取り次いでもらった。しかし、獄中の司馬遷殿は、最後まで一冊たりとも売ることを肯《がえ》んじなかった」

どれも、はじめて知る話だった。

三年前、父は己の身体を捨て、名誉を捨て、さらに家族まで捨てたにもかかわらず、離れを埋める書物だけは捨てようとしなかったのだ。

「もしも……、書を全部売っていたら？」

任峻は目を伏せ、己の手をさすった。右手の中指の節に、隆起がのぞいていた。父にも同じ場所に、もっと大きな隆起があった。兄が、あれは筆があたる部分に、たこができるのだ、と教えてくれた。

「司馬遷殿が宮刑を受けたと聞いたとき、誰もが信じられない気持ちだった。まさか、己より書を守るなんて、想像もしていなかったのだ。さるお偉方に、宮中の廊下で呼び止められ、こう言われた。もしも、太史令が書を売っていたら、罪を免れるだけの銭を集められただろう。太史令が死に値する罪を犯したとは考えぬ人々は、思いのほか多い——と」

一気に言葉を吐き出したあと、任峻は内なる無念を押さえこむように手を握りしめた。

重く湿った任峻の視線から逃れるように、壊れたまま放っておいた椅子を拾いに向かった。朽ちた木材を抱えふたたび戻り、焼け跡の上に放った。がさりと音を立て、薄汚い灰が舞うのを見つめ、父のことを「魂の消えた抜け殻だ」と吐き捨てた下の兄の声を呼び起こした。どれほど肉体が変化しても、その内側に父は残っている。でも、すべてを引き替えに残そうとした書を焼いてしまったら、そのときこそ、本当に何もかもを失ってしまうではないか。

気がついたとき、やはりまぶたに浮かぶのは、草原の真ん中で倒れこむ馬の姿だった。

風に靡く草むらに馬の腹がのぞく。馬はもう動かない。

私は荷台から、起きろと無言で何度も呼びかける。

馬は決して起き上がらない。

＊

父が帰るまで、任峻とともに離れで床の竹簡と木簡を棚に戻す作業を手伝った。きっと、それぞれ納めるべき位置が決まっているのだろうが、任峻の「このまま床に放っておくと、どうなるかわからない」という言葉に従い、手当たり次第、空いている棚に突っこんでいった。

日が傾き始めた頃、建屋の外に足音が聞こえた。「帰ってこられた」という声に、身体が急に固くなる。

「栄殿が来られています。こちらを片づけていたところで――」

戸口から顔を出した任峻に呼び止められ、いったんは遠ざかろうとした足音が、向きを変えて近づいてくる。いかにも書物の片づけにかかりきりになっている態《てい》を装《よそお》うとしたが、戸口に気配を感じると、思わず面を上げてしまった。

父が立っていた。

「今日は、帰ります」

気を利《き》かせたつもりなのだろう、返事を待たず、父の脇をすり抜けるように任峻は素早く立ち去った。足音が聞こえなくなるまで、父は無言で私を見つめた。私はその視線を受け止めきれず、腕に抱えた竹簡の束を空いた棚へと移した。

「栄」

知っている声だが、でもどこかが違う声で、父は私を呼んだ。

「おかえりなさい」

何からの帰還についての言葉なのか、自分でもわからなかった。履《くつ》を脱ぎ、父は板間に上がった。私の隣まで進み、歩を止めた。

「幾つになった」

「十五です」

最後の一つを棚に置き、ようやく父に顔を向けた。

髭のない、肉づきのよいあご回りから、同じく髭のない口元、さらに目へと確かめていく。

「元気にしていたか」

「はい」

正面で目が合った。やはり、父だった。三年前より、父はずいぶん白くなった。それだけに、目の下の隈《くま》がよく目立った。ふくよかではあるのだが、決して健康とは言えない荒れた膚に、

「ご飯、食べているのですか」

と自然と言葉が出た。

「適当に、やっている」

「毎日、朝から市に出かけてると任峻さんが言っていました。それって、ひょっとして――、兄さんに会おうとして」

違う、と父は無愛想に首を横に振った。

「あれも、私には会いたくないだろうから、別の市に行っている」

とここからはかなり離れているが、長安でもっともにぎわいがある市の名を挙げた。

それきり、会話が途切れた。

棚に差しこんだばかりの竹簡を、父は手に取った。まったく表情のない視線を、紐が結ばれたあたりに書きこまれた題字に落とす。

「もう、書かないのですか」

竹簡に添えた中指の節に、任峻と同じ隆起があるのを見て、何の意図もなく放った問いかけだった。

突如、父の頬に、奥歯を強く嚙《か》みしめたことを伝える影が走った。

「誰が読むのだ」

調子は高いのに、ひどく暗い声が、かさついた唇から漏れた。

「このように不様な、生き恥の極みを晒すだけの腐者の言などに、誰が耳を傾けるのだ」

見えぬ力に打ち叩《たた》かれたかのように、私は顔を伏せた。竹簡を握る父の手は、かすかに震えていた。竹が軋《きし》む音に、返す言葉を見失ったまま、ひたすら身をこわばらせた。

「誰に報告するのだ。もう、私は祖先の墓の前にひざまずくことはできない。このように汚《けが》れた身体を、父に、母に見せるわけにはいかない。私は丘墓に眠る、すべての先人を辱《はずかし》めた。さらには、子も失った。司馬の血を汚し、その血まで絶やし、人として最大の不孝を為《な》したのだ。もはや、誰に報告することも許されぬ。そのような無用のものを——、何のために書くのだ」

私は顔を上げられなかった。怖いのか、悲しいのか、自分でもわからぬまま、涙が頬を伝っていく。何とか、声を漏らすまいとしたが、音一つ立たぬ離れに、自分の嗚咽が響くのが耐えきれず、戸口へと走った。

「栄」

父の声が背中を打った。

「再婚したことは聞いた。あいつは――、元気にしているか」

戸口を出る寸前で、私は振り返った。

袖で目尻《めじり》を乱暴に拭い、うなずこうとしたが、父は私を見ていなかった。

「お母さんに、何か伝えておきたいこと、ありますか？」

と揺れる声で訊ねた。

私の言葉が届いているのかいないのか、父はぼんやりと書架を見上げていた。

「栄よ」

「はい」

「臭《にお》うか」

え？　問いかけの意味がわからぬ私の視線の先で、父の手からこぼれるように竹簡が離れた。

「私は、腐った臭いがするか」

床を叩く乾いた音に紛れ、ほとんど聞き取れぬほどの、くぐもった声が耳を撫でた。突如、腐刑という言葉、さらには父自ら口にした腐者という言葉が、頭の中で立ち上った。かつて、兄が言っていた。傷痕《きずあと》がそのような臭いを放つらしい、それゆえの腐刑だ――と。

「ちがいますッ」

気がついたとき、拳を握りしめ、甲高い叫び声を放っていた。

「そんなこと、絶対にありません」

父は私に顔を向けた。娘の泣き面《つら》にぶつかると、力なく笑った。これ以上、私が言葉を重ねることを拒むように、宙を手で払い、「もういい、帰れ」とつぶやいた。

またもや、飛び出すようにして、父のもとをあとにした。家に帰るまで、すれ違う人には気づかれぬよう、顔を隠して泣き続けた。

父の目には色が無かった。怒りはもちろん、悲しみさえも、深い水底に沈めて置いてきたかのように、がらんどうだった。三年前、私たちは苦しんだ。父を捨てることで、その苦しみから逃れた。だが、父はその間、一人で牢《ろう》の奥につながれ、獄を出た今も、変わらず続く辛苦のただ中にいるのだ。

父が明るく笑う顔というものを、思い返そうとした。しかし、ずっと一緒に暮らしていたにもかかわらず、何一つ、それをまぶたに浮かべることができなかった。

＊

下の兄が家を訪れた。

いつものように、店からの差し入れを母に渡したのち、帰り際《ぎわ》、「ちょっと来い」と私を呼びつけた。何事かといっしょに外に出ると、任峻から伝言を預かったと言う。

任峻は、兄たちがまだ一度も、獄を出た父に会っていないと思っているようで、父の近況を伝える手紙を送ってきたそうだ。その最後に、私への頼み事が記されていた。先日お知らせしたとおり、変わらず父は毎日、市に出かけている。いったい何の用なのか、栄殿に市での父の様子を確かめてきてもらいたい――、と。

「先日お知らせした、というのは何だ。どこで任峻殿と話した？　行くなと言ったのに、またあれのところに会いに行ったのか」

私は素直にうなずくも、あの日、見聞きしたものは決して伝えなかった。兄たちにとって思い出深い道具がすべて焼かれたこと、三年前、私たちよりも書物を選んでいたことを今さら教えたところで、虚しい怒りを蒸し返すだけである。

「毎日、あれは市に来ているのか？　一度も、見かけたことはないぞ」

「別の市に行っていると、お父さんは言っていた」

顔を合わせると兄が嫌がるだろうから、と言っていたとは、やはり伝えられなかった。父は私に「子を失った」と言った。その血が絶えたとも言った。兄たちが司馬の名を捨てたため、跡を継ぐ者が途絶えたことを意味するのだろう。そう、父の目に、いつだって私は映らない。離れに兄たちだけを招いたときと同じ、私はいつまで経《た》っても、輪の中に入れない。

「兄さんは勉強であの離れに入ることができたでしょ。お父さんがあそこに籠《こ》もって何を書いていたか、知っているの？」

急に何を訊《たず》ねるのか、と訝しむ顔で、兄は私を見下ろした。

「記録だ」

「記録？　何の？」

「この国の記録だ。黄帝の世から脈々と続く、この世の成り立ちと、王業の興《おこ》った次第を跡づけようとしていた」

「それは、仕事？」

「違う。太史令は天時、星歴を司《つかさど》るのがその職掌だ。何の関係もない」

「じゃあ……、どうして、そんなものを？」

「さあな――、さだめし、じいさんから、たくさんの蔵書を譲り受けたからじゃないのか？　じいさんはあちこち旅行しては、古い話を集め、いちいち書き留めていたそうだから、それをまとめようとしたのかもしれない。覚えてないか？　むかし、雒陽にじいさんの墓参りに行っただろう。帰りの馬車に、山ほどの竹簡を積んだおかげで、俺たちは後ろのへりに座らされ、ずいぶん窮屈な思いをした。あれがじいさんの蔵書だ」

私が鈍い表情を返すのを見て、兄の口元にひどく意地悪そうな笑みが浮かんだ。

「馬が勝手に走っていたとか、それが倒れたとか、さんざん騒いでおいて、自分の真後ろに山と積まれていたものは覚えていないのか。まあ、お前が三歳のときだからな。覚えていなくて、当然だな」

私はフンと鼻を鳴らし、「馬は本当に見た」と兄を睨《にら》みつけた。竹簡の記憶など、いっさいないことは認めなかった。

「それで、任峻殿の件はどうする。行くのか？」

「わからない」

「まあ、好きにしろ」

あっさりと言い残し、兄は帰っていった。かつて、さんざん世話になった任峻への義理で、手紙の内容を伝えにきたのだろうが、その口ぶりから、もはや父への怒りは感じ取れず、この三年間と同じ、冷たい無関心が舞い戻っているようだった。もしも、あの離れで、父が最後に放った問いかけを知ったなら、兄の気持ちも少しは乱れただろうか。私は今も思い返すだけで息が詰まりそうになる。

二日後、私は市へと向かった。

任峻の手紙も、結局のところは口実なのかもしれない。父が毎日、市に通っていると聞いたときから、いったい何をしているのか確かめたい気持ちは、すでに宿っていたように思う。

はじめて訪れるその市は、長安一と喧伝《けんでん》されるとおり、兄が働く市よりもはるかに広かった。細い路地を進めども進めども店が連なり、己がどこにいるのか、あっという間に位置を見失ってしまった。

肉売りの屋台が続き、鼻先をかすめる大きな蠅《はえ》を払いながら路地を抜けると、急に静かな区画に出た。店先に竹簡を置く書肆《しょし》がいくつも集まり、宮殿に近いせいか、役人らしき風体をした男たちが、店先で難しい顔で竹簡を広げていた。他にも、筆や墨といった道具を扱う店、さらには竹簡に使うための札を売る店が並び、試しに一枚、手にとってみたが、私と兄たちが駄賃欲しさに作ったものと比べて、幅と薄さが均一なのはもちろん、表面の滑らかさも格別で、いかにも筆の走りがよさそうな指触りをしていた。

書肆の棚に、ぎっしりと詰めこまれた竹簡、木簡の束を眺めていると、つい、父の離れの書架とその量を比べてしまう。あの膨大な蔵書のうち、いったい、どれほどを祖父から譲り受けたのだろう。「榮」の字を教えてもらったときも、祖父の竹簡を手に、父はその由来を教えてくれた。父が離れに籠もり、兄の言う「記録」を書き始めたのは、私がまさに「榮」の字を知ったあたりのことだった。獄につながれる五年ほど前になろうか。もしも、観測の道具のみならず、竹簡さえも焼こうとしたのなら、祖父から授けられたものはもちろん、己が五年もかけてしたためたすべてをこの世から葬《ほうむ》り去ろうとしたことになる。

うつむきながら歩いていたせいで、ふと顔を上げると、いきなり背中が正面を塞《ふさ》いでいた。鼻をしたたかに打つと同時に、「気をつけろ」と野太い声が降ってきた。慌てて謝り、周囲の様子を確かめる。ちょうど市の広場に出たようで、大勢が集まっている。男たちの背中が邪魔で、前を確かめることができない。横に移動して、女たちの間から首を伸ばすと、初老と若い男の二人組が一段高くなったところに立っている

のが見えた。まさにこれから芸が始まろうとするところで、

「さあさあ、見てらっしゃい。これより始まりますは、皆さまご存知『荊軻刺秦《けいかししん》』。そも、この荊軻、生まれはと言いますと衛の国でして――」

と初老のほうが、よく通る声を発するや、人気のある出し物なのか、周囲からわっと喝采《かっさい》と拍手が湧《わ》き起こった。

二人の男は互いにその役どころを変えながら話を進めていく。気がついたときには、私はすっかり二人の男の掛け合いに魅了されていた。私は拳を握り、荊軻という男の成功を祈った。何しろ、荊軻は毒を塗った匕首《あいくち》たった一本を携え、あの悪名高き秦王の首を狙《ねら》わんと宮殿に乗りこむのである。

しかし、皇帝の御前まで進んだにもかかわらず、渾身《こんしん》のひと突きを荊軻は外してしまう。よりによって、引き寄せようとつかんだ秦王の袖がちぎれたのだ。玉座から立ち上がり、秦王は逃げる。荊軻は追う。周囲の男女からは、荊軻を応援する声が一斉に上がる。柱を回って逃げる秦王。匕首を振りかぶる荊軻。

「そこだ、荊軻ッ」

周囲に合わせ、私も夢中で叫んでいた。

されど、秦王が体勢を立て直し、長剣を抜いたのちは、荊軻は劣勢に陥り、ついに

は命を落としてしまう。

興奮は一転、秦王に向け放たれた荊軻の末期《まつご》の言葉を聞くあたりでは、左右からすすり泣く声がした。すべてを演じ終え、最後に勇敢なる荊軻を讃《たた》えた言葉を朗々と披露し、二人がお辞儀すると、割れんばかりの大きな拍手が広場を包んだ。ある者は二人の前に置かれた箱に銭を落とし、ある者は充血しきった眼《まなこ》で荊軻の死を天に悼《いた》み、ある者は広場の隅の屋台へと、三々五々散っていく。

興奮の熱が醒《さ》めやらず、私はしばらくその場で突っ立っていた。下の兄が働く市に、この手の出し物を見せる広場はない。見るのも、聞くのも、叫ぶのも、すべてがはじめての経験だった。しかし、不思議なことに、どこかでこの感覚を知っている気がした。そうだ、離れで父に「栄」の話を聞かされたときと同じだと合点したとき、目の前を行き交う人の波の先に、突然、その父の姿を認めた。

向こうも同時に、私に気がついたようだった。

箱の片づけを始めた二人組を挟むようにして、私は父を見つめた。これだけの大勢のなかで偶然父を見つけたことより、父の外見《かたち》がすっかり変わってしまったことへの驚きのほうが大きかった。女に近づいていると表現するのが正しいのかどうか、私にはわからない。ただ、獄を出てはじめて会った日よりも、さらに膚は白くなり、また肉づきもよくなっていた。もしも、以前を知る人がすれ違っても、すぐに父とはわからないのではないか。

私は父のもとにゆっくりと近づいた。

「毎日、これを見に来ているのですか」

「ここと、あともう一カ所の広場で別の連中がやっている。老人たちに話を聞くこともある。地方から都にやってきて、故郷の古老仕こみの旧聞を、いまだ諳《そら》んじることができる者も多い」

何のためにそんなことを、とは訊ねなかった。父もいっさい説明しなかった。代わりに、道に迷ってここがどこかわからない、と伝えると、父はほんの少し眉間《みけん》にしわを寄せたのち、こっちだとあごで示し、先に歩き始めた。

*

おそらく、かつての職場の近くは通りたくなかったのだろう。宮殿から離れるように、あえて遠回りの道で父は帰路に就いた。はじめての道ばかりを選ぶため、市を抜けてからも父の後ろに従うしかなく、結局、一度も言葉を交わさぬまま、気がついたときには、むかしの家の前に到着していた。

父は寄れとも帰れとも言わなかった。

とても喉《のど》が渇いていたので、勝手に家屋に入り、甕《かめ》から一杯だけ水をいただいた。それで帰るつもりだったが、やはり離れの様子が気になる。家屋の横に干していた衣服を父が取りこんでいる間に、そっと中をのぞいた。

竹簡はすべて棚に収められ、すっかり元の状態に戻されていた。書き物を再開したのだろうか、文机《ふづくえ》も以前の位置に置かれている。ただ、書きかけの竹札は見当たらない。書き終えた札は、すぐには紐で束ねず、墨が乾くまで一枚ずつ几帳面に床に並べておくのが、父のやり方だった。

ふと足元に視線を落とすと、戸口の脇《わき》に見慣れぬ函《はこ》があった。

腰を屈め、何となく蓋《ふた》を持ち上げてみる。

背後から、近づいてくる足音が聞こえたが、函の中身から視線が離れない。空いている手を伸ばし、一枚を引き抜いた。

竹簡の札だった。所狭しと面が文字で埋め尽くされている。されど、紐で束ねられることなく、それどころか、真ん中で乱暴にへし折られていた。

函はすべて折れ曲がった竹札で溢れかえっていた。数枚を重ねたのち、一気に折られた札の裂け目から突き出す棘《とげ》の様子が、ひどく痛々しく映った。

「それはこれから焼くものだ」

振り返ると、父が立っていた。

そのまま私の脇を抜け、戸口に入ろうとするのを、私は無意識のうちに手を広げ塞いだ。

「どうしてですか？　どれも、お父さんがずっと書いてきたものでしょう？」

「言ったはずだ。そんなことをしても意味がない」

「でも、本当は書きたいんでしょう？　だから、毎日のように市に通って、いろんな人の話を聞いて、こんなふうにたくさん書いて――」

「違う、それはすべてむかし書き溜《た》めたものだ。もう、筆を持つことなどない」

「そんなの嘘《うそ》です。ほら――、触ったら、墨がついている。三年前の墨が乾かないはずがない」

本当は墨などついていなかった。単に手のひらの汚れを父の前に突き出し、素早く引っこめただけだったが、それまで無表情を守っていた父の顔に、はっきりとわかる歪《ゆが》みが生じた。

「任峻さんから聞きました。道具だけじゃなく、書物まで焼こうとしたって。お祖父《じい》さんから預けられて、ずっと大切にしていたものなのに、どうして――？　だって、お父さんは、あの竹簡を守るために、酷《ひど》い目に遭ったんでしょう？　もしも、焼いてしまったら、何のために、お父さんが三年も牢に閉じこめられたのかわからない。何のために、私やお母さんや兄さんが、辛《つら》い気持ちをずっと我慢していたかわからない」

そこまで娘が知っているとは思っていなかったか、父の顔に不意を突かれたことを示す動揺の色が走った。されど、心を乱されたことが怒りに成り変わるのも早く、

「だ、黙れッ」

と父はひときわ甲高い声を放ち、右手を振り上げた。

ぶたれたら、ぶたれたでいい。

「士は己を知る者のため死す！」

必死になって、深く記憶の底に眠っていた言葉を繰り出した。

まさに振り下ろされようとしていた手の動きが、ぴたりと止まった。私は父の目をまっすぐ見つめ、ともすれば震えそうになる声を腹に力をこめて、一気にまくしたてた。

「覚えてませんか？　お父さんが私に『榮』の字を書いてくれたときに、いっしょに

教えてくれた言葉です——。三年前、お父さんは正しかった。だから、お父さんは死を選ばなかった。本当に死ぬべきときを、命を捧げるべき相手を知っていたから。たとえ、帝《みかど》の前であっても、お父さんは己の信じるところを曲げなかった。屈しなかった。最後まで誰よりも勇敢だった」

まだ頰を打つ手は訪れない。

「士は、己を知る者のため、死す」

今度は一語一語を踏んで固めるように繰り返した。父の唇から、急に荒くなった呼吸が漏れ聞こえてきた。奥歯を嚙みしめているのか、妙な具合に口元がねじれている。はじめは小さな亀裂《きれつ》だったものが、受け止めるべき重みを前に、大きなひびへと広がる瞬間を見た気がした。こみ上げる苦しみを押しとどめようとするかのように、父は右手を下ろし胸にあてた。握りしめた拳の間からのぞく、中指の隆起がかすかに震えていた。

「それなのにどうして……？　誰も読む人がいない？　それが何だって言うのですか。書いて残しておくことさえできたなら、いつか読む人が現れる。お父さんが教えてくれた、三百年もむかしの栄って女の人——、私ならあんな人の話は残さない。だって、嫌な話だもの。怖いし、悲しいし。でも、お父さんのようにそれを好きな人もいる。

伝えようとする人がいる。なら、お父さんが道具を使って、この屋根の上から小さな星を見つけるように、お父さんが書いたものも、三百年後、誰かが読んで伝えることだって、いくらでもある。そうでしょう？」

しゃべっているうちに、頬のあたりが痺《しび》れ、頭までぐらぐらしてきた。父は右手で胸を押さえたまま、一歩もその場を動こうとしなかった。

私は大きく息を吸いこみ、父の前で広げていた両手を下ろした。

「だから、書いてください」

父は白さがいっそう増した顔で、唇を噛んだ。

「お父さんは、書かなくてはいけない」

先に目をそらしたのは、父のほうだった。

父の視線は私の顔の真横を抜け、背後に並ぶ書架へと流れていった。

「道具といっしょに、書物もすべて焼くつもりだった。でも、やめたのだ」

しばらく、父は言い淀《よど》む素振りを見せていたが、

「夢を見た」

とくぐもった声を発した。

「夢？」

「まだ小さいお前や、お前の兄たちと馬車に乗っている夢だ。私は御者の隣に座り、ぼんやりと風景を眺めている。そのとき、遠くを走っている馬に気づくのだ。鞍《くら》も何もつけていない一頭が、とても気持ちよさそうに草原を駆けている。私は立ち上がって、後方へと去っていくその姿を追う。すると、馬は急に脚を止める。そのまま、ゆっくりと横に倒れ、動かなくなってしまう。まるで、私が死を招き寄せたようで、何度も起きろと呼びかけた」

私は息を止め、父の言葉を聞いた。それは夢ではない、と遮ろうとしたとき、

「もう少しで、倒れた影も見えなくなりそうだった。そのとき、草むらからのぞく腹が震え、馬が首をもたげた」

と思いがけない続きが、父の口から飛び出した。

「身体《からだ》をねじり、背中まで草にこすりつけ、ただ遊んでいただけだ、と教えるかのように、馬は勢いよく立ち上がった。そのとき、父の声が聞こえたのだ。天道に従え——、そう、父司馬談《しばたん》は告げた。立ち上がった馬は、じっと私を見つめていた。まるで、父の魂が乗り移ったかのように」

果たして、父が本当に夢の話をしているのかどうか、判別がつかなかった。

「天道とは何か、私はもう見失ってしまった。天道を是として、己の信じるところを

行った先で、この禍《わざわい》に遭ったのだ。本当にこの世に正しく天道なんてものがあるのか、とさえ今は思う」

私は振り返った。背後に並ぶ書架を埋める膨大な竹簡を見て、ようやく理解した。この書物の山こそが、父にとっての魂の在りかなのだ。さらには書くことこそが、魂の輝きをもたらすのだ。兄は父のことを「魂の消えた抜け殻だ」と言った。そうではない。たとえ、どれほど人が父を腐者と蔑《さげす》もうとも、この竹簡に囲まれた智恵《ちえ》と知識の城がある限り、父の魂は決して死にはしない。

「市で聞いた荊軻の話——、お父さんは知っていたのですか？」

「荊軻に薬袋を投げつけ、秦王の危機を救った典医が出てきただろう。その典医から直接の事情を教えられた者に、太史令になりたての頃、話を聞かせてもらったことがある」

「では、どう書くかも決めているのですか」

返事はなかった。書くということに対する感情を、父は頑《かたく》なまでに表に見せようとしなかった。

「今、少しでも書くことはできませんか。ずっとむかし、桀の字を教えてくれたときのように、ここで、私のために書いてくれませんか」

また妙なことを言いだすと思ったのか、父は口元に苦笑を浮かべ、

「書くものがない。使える札は全部、その函に捨ててしまった」

とまだ私の手にあるひしゃげた竹札から、足元の函へと視線を移した。

「それに字が読めない、女のお前に書いてどうなる」

それは単にはぐらかすつもりだけの言葉だったのだろう。だが、私を見下ろす目が笑っているのを認めた途端、三年間、じっと胸の底に押しこめていた怒りの薪に、ぼうっと音を立てて火が点《つ》いた。

決断するのは、一瞬だった。手にしていたひしゃげた竹札を、壁に向かって投げつけた。さらに、足元の函を蹴《け》り倒した。突然のことに、父はギョッとして、一歩後退《あとずさ》った。溢《あふ》れ出した竹の札もそのままに、私は文机の前まで進んだ。

「いつまで、愚図愚図めそめそしたフリを続けるつもりなんですか？　何が天道か、見失ってしまった？　何、情けないことを言っているのですか。どうしてそんな簡単なことがわからないの？　書くことじゃない。書くこと、それだけが司馬遷――、あなたが命を捧げるべき相手、従うべき天道じゃないッ」

最後のあたりは、ほとんど叫び声になって、父と正面で向かいあった。父の目はどこも笑っていなかった。表情からも、余裕の色はすべて消えていた。ただ、こわばっ

た顔で見つめる父の前で、私は上着である襦《じゅ》を脱ぎ、いっさいの躊躇《ちゅうちょ》なく膚《はだ》を晒《さら》した。

「この身体に書いてください。そして、誓ってください。必ず最後まで完成させるって」

寒さも何も感じないのに、歯の根が合わなかった。泣くつもりなど微塵《みじん》もないのに、涙が一粒頬を伝い、薄い乳房にこぼれ落ちた。生ぬるい感触が膚に筋を描いていく間、父は凍りついたように動きを止め、私の顔を凝視した。

「お願いします」

と息を整えながら背中を向け、ひざまずいた。

沈黙が一気に重みを持って、床から這《は》い上がってきた。今ごろひやりとする背中に父の視線を感じ、胸が苦しくなる。私は待った。やがて、背後には誰もいないのではないかというくらいの静けさに、腕は粟立《あわだ》ち、嫌な尿意もこみ上げてきた。それでも、決して振り向かず、父を待った。

みしりと、床板が鳴る音が響き、身体がびくりと震えた。

床を踏む足音が近づいてくる。胸の前に丸めた襦をさらにぎゅうと押しつける。

隣の文机の引き出しが開けられる音とともに、カタカタという軽い音が聞こえた。

真後ろに人の気配を感じたとき、

「馬鹿者《ばかもの》が」

というつぶやきが降ってきた。

右肩のあたりに筆先らしきものが触れ、濡《ぬ》れた冷たい感覚に思わず声を上げそうになるのを必死で堪《こら》える。父はそれを一気に下へと移動させた。

「荊軻とは衛の人なり――」

私がよく知っているものよりも、やはり、どこか調子の高い声で、父は私に言葉を授けた。

いつの間にか、目の前に草原が広がっていた。

彼方《かなた》の草むらに、黒い影がのぞいている。

ああ、馬の腹だと気がついたとき、影が震え、長い尻尾《しっぽ》が跳ねた。むくりと顔を起こした馬は前脚を置き、一気に身体を立ち上げる。

私は馬を大声で呼びつける。

ほんの一瞬、振り返っただけで、馬はたてがみをめいっぱい風に靡《なび》かせ、ふたたび大地を確かめるように勢いよく駆け始めた。

＊

三月後《みつき》、李陵の一件に関して同情の声が根強かったのか、突如、父は中書令《ちゅうしょれい》に任ぜられ、以後、宦官《かんがん》として帝の側に仕えることになった。これにより、兄たちは嬉々《きき》として商いをやめ、官吏として宮殿に勤めるようになる。

父の「記録」は「太史公書」として獄を出て六年後に完成した。その三年後、突然の心《しん》の病を得て父はこの世を去ったが、市に足を運んで語り物を楽しむことを、日々の悦《よろこ》びとし、孫たちに自ら話を聞かせるとき、その語り口が真に迫りすぎ、幼子を怯《おび》えさせ、号泣させることもしばしばであった。

孫たちのなかで、最も多く父に泣かされた我が子楊惲《よううん》が平通侯の位にあったとき、祖父司馬遷について祖述したものが帝の目に止まり、それがきっかけとなって、以後、父の書は広く世に知られるようになる。

著者解題

悟浄出立《ごじょうしゅったつ》

下敷きとした物語（以後、原典と呼ぶ）は、おなじみの『西遊記』である。七世紀、「貞観《じょうがん》の治」として知られる唐の太宗の世、玄奘《げんじょう》三蔵が天竺《てんじく》すなわちインドを訪れ、多くの経典を持ち帰った。この事績をもとに『西遊記』が成立したのは十六世紀、明《みん》の時代になってのことだが、誰が記したのか、いまだ定かになっていない。

物語のなかで、天竺を目指す三蔵法師のお供として付き従うは、孫悟空《そんごくう》、猪八戒《ちょはっかい》、沙《さ》悟浄の三人の弟子である。

花果山《かがざん》のいただきにあった岩が破裂し、天地の精気を受け石ザルが誕生する。のちの孫悟空である。やがて仙術を極め、地上で横暴の限りを尽くす悟空の様子を見かねた天帝が、彼を天界に招き「弼馬温《ひつばおん》」なる馬の飼育を担当する官を与える。しかし、悟空はその地位の低さに我慢がならず、「斉天大聖《せいてんたいせい》」（天と同格のすぐれた聖者）を勝手に称し、ふたたび騒動を起こす。

　悟空の扱いに天帝はほとほと手を焼くが、釈迦《しゃか》如来《にょらい》の助力を得て、彼を五行山の下に封じこめることに成功する。このときの有名なエピソードが、「我が手のひらから飛び出すことができようか」という釈迦如来の言葉に、觔斗《きんと》雲《うん》にヒラリと乗った悟空がたちまちに飛び去り、雲にそびえたつ五本の柱の一つに、

「斉天大聖到此一遊」

と筆で黒々としたため、そこに小便までして得意満面で帰ってくるも、所詮《しょせん》は如来の掌《てのひら》で踊っていただけ、如来の中指に「斉天大聖到此一遊」なる己の文字を認め、生涯最初の完敗を思い知らされる——、というものだ。如来の指はそのまま五つの連山となり、逃げようとする悟空をいとも容易《たやす》く下敷きにしてしまう。

　それから五百年後、天竺へ取経《しゅけい》の旅に向かう三蔵法師によって、悟空はようやく縛《いまし》めを解かれる。以後は三蔵を師と仰ぎ、西天への苛酷《かこく》な道のりの供をする忠実な弟子となる。

　次に猪八戒が仲間に加わる。もとは天界で天蓬元帥《てんぽうげんすい》という高い位についていたが、孫悟空や沙悟浄と同様天界を追放され、人間界でブタの姿を借りて生きることになる。

　原典を読むと、声を上げて笑ってしまうような彼の行動にしばしば出会う。

たとえば、どうしても悲しんで慟哭《どうこく》するフリをしなければいけない場面で、「紙でこよりをつくり、それを鼻の孔《あな》に通し、両方に通じさせ、二、三度くしゃみをして、どっと泣く」こともあれば、沙悟浄とともに妖魔《ようま》と戦っているとき急にやる気を失い、「小便をしてくるから、ちょっと頼むわ」とその場を離れ、弟弟子が一人戦っているのに向こうの草むらでぐうぐう寝こみ、その間に弟弟子が敢《あ》えなく妖魔に捕まり連行されることもあれば、長いブタの鼻を塀につっかえ棒のようにあて、立ちながら眠っていることもある。

最後に沙悟浄が加わる。捲簾《けんれん》大将という天帝の側の用をする役人であったが、蟠桃《ばんとう》会《え》にて玻璃《はり》の盃《さかずき》を砕いてしまったため、下界に流される憂《う》き目を見る。三蔵法師、孫悟空、猪八戒が流沙河《りゅうさが》を渡ろうとするとき、川に棲《す》む化けものとして登場するため、日本では「河童《かっぱ》」のイメージを付加されることが多いが、水との関係性は特にない。悟空や八戒に比べ、外見の特徴も薄く、三蔵法師に帰依《きえ》した際に剃髪《ていはつ》しているので、実際は「坊主《ぼうず》頭の妖怪」というのがもっとも正確な描写になるのだが、どうもイメージしづらい。

趙雲西航《ちょううんせいこう》

原典は陳寿《ちんじゅ》による『三国志』。時代は三世紀、後漢が滅びたのち、魏《ぎ》・蜀《しょく》・呉の三国が天下を争った歴史について記した史書だ。ちなみに、日本に関する文字による最古の記録、卑弥呼《ひみこ》と邪馬台国《やまたいこく》について言及された有名な「魏志倭人伝《ぎしわじんでん》」は、この『三国志』のなかの「魏書」に書かれたものである。

もっとも三国志と言うが、いわゆる魏・蜀・呉による「三国鼎立《ていりつ》」が成立し、三国がバチバチとやり合うのは、たとえば吉川英治の『三国志』（講談社文庫版全八巻）だと、実に六巻目であり、ほとんど物語も終わり近くになって、ようやくタイトルどおりの戦いになる。しかし、実際に読み応《ごた》えがあるのはそれよりも以前、綺羅星《きらぼし》の如《ごと》く現れる英雄たちが戦いに明け暮れ、権謀術数の限りを尽くし、栄枯盛衰を繰り返す、群雄割拠の時代こそが三国志の肝である。

ここまで三国志が有名になり、愛されるようになったのは、純粋な史書である『三国志』を講談調にまとめ上げた『三国志演義』なる存在があったからだ。成立は『西遊記』と同じく明代。羅貫中《らかんちゅう》の手によると言われているが、これもまた定かではない。

講談ゆえに、おもに蜀を建国した劉備《りゅうび》を善玉、魏を建国した曹操《そうそう》を悪玉として描き、趙雲も劉備傘下《さんか》の一武将として登場する。

己の根城を持たない流浪《るろう》の劉備軍を、関羽《かんう》、張飛《ちょうひ》とともに支える趙雲は、あまたいる三国志の登場人物のなかでも、特に人気のある武将だ。日本では、馬を駆けさせ、槍《やり》をりゅうりゅうとしごき、かつ温厚篤実《とくじつ》という、文武に秀《ひい》でた精悍《せいかん》な将のイメージが強い趙雲だが、中国では意外や老将軍の印象が強いらしい。
それは劉備亡《な》きあと、人材の枯渇《こかつ》した蜀を諸葛亮《しょかつりょう》とともに支え、何とか守りきる晩年の姿がより印象深いからだろう。ただし、近年は日本人が作り上げた三国志の武将像が、特にゲームのキャラクターを借りて本国に逆輸入されているので、これから新しい趙雲像が本国でもかたち作られることもあるかもしれない。（ベトナムでも、日本のゲームキャラクター造形の影響を受けた三国志武将が表紙を飾る、児童向け『三国志』を見かけたので、ひょっとしたらアジア全域へ日本発のイメージが波及している可能性も大である）
多くの三国志ファンの例に漏れず私も、ときに猛将であり、ときに知将である趙雲が好きだった。一方で、どれだけ戦場で活躍し、あるじ劉備の家族を命がけで救うことがあっても、劉備・関羽・張飛という鉄のトライアングルに割り入ることはできない趙雲のさびしさ、孤独というものを、物語の行間にふと嗅《か》ぎ取ることもあった。
三国志の物語は、後漢末期、世が乱れ、黄巾《こうきん》の乱が発生し、それを討伐するために各地に英雄の勢力が勃興《ぼっこう》するところから始まる。劉備も同じく故郷にて挙兵するが、その際、関羽、張飛と三人で有名な「桃園の誓い」を交わし、義兄弟の契《ちぎ》りを結ぶ。

以後、劉備は関羽・張飛に絶大な信頼を置き、また稀代《きたい》の参謀諸葛亮を「三顧の礼」でもって軍師に迎える。やはりここでも、趙雲がどこか居場所がないように感じてしまう。

本編では、呉の孫権《そんけん》軍と組み、南下を目論《もくろ》む曹操軍に大打撃を与えた「赤壁の戦い」から六年後が舞台になっている。蜀を奪い取るべく劉備が益州牧《ぼく》の劉璋《りゅうしょう》に戦いを仕掛け、その援軍として張飛、趙雲、諸葛亮らが船団を組み、荊州《けいしゅう》を出発して長江を西へと遡《さかのぼ》る、その船上での一シーンを切り取った。

虞姫寂静《ぐきじゃくじょう》

原典は司馬遷《しばせん》による『史記』。舞台となっている紀元前三世紀、日本では一万年続いた縄文時代から弥生《やよい》時代へとのんびりと移り変わっていた頃、すでに中国では激しい王朝の興亡が絶え間なく繰り返されていた。

中国におけるはじめての統一王朝である秦《しん》が滅びるのは紀元前206年。項羽《こうう》と劉《りゅう》邦《ほう》は、ともに秦を倒すために協力するが、秦が滅亡したのちは互いの生存をかけた激しい争いに突入する。

虞という女性は、『史記』の「項羽本紀」に登場する。

「有美人名虞　常幸従（美人有り名は虞　常に幸せられて従ふ）」

司馬遷が遺《のこ》した虞についての直接の説明はこれだけである。他にいっさいの情報はない。

古代中国の歴史は、男の歴史でもある。しかし、そこに生きた女の物語を書きたかった。この八文字から虞という女を想像した。

虞美人草とは、日本語でひなげし、さらには英語でポピーのことを言う。五月の中頃から満開を迎える、やわらかな赤に包まれたポピー畑を見る機会があったら、二千二百年前のむかしに生きた虞という女性を思い出してあげてほしい。

法家孤憤《ほうかこふん》

大学ではじめてまじめに法学の本を一冊読んだとき、ひどく心を打たれた。

それは無味乾燥な文章の羅列のなかに、法というものへの想《おも》いが驚くほど純粋に描かれていたからだ。

正しく法が整備され、人々がその意味を正しく理解し、正しく使われるのなら、必ず世の中がよくなる。理路整然と、強い信念とともに語られる法の理念を読み、それが社会の現実とはずいぶんかけ離れた理想とは知りつつも、法が一本社会を貫くことで、よきことが自然と付随していくという哲学を、漠然とだが美しいと感じた。あまりにてらいのない純粋さを前に、気恥ずかしさすら覚えたくらいだ。
あの日の驚きの気持ちを下敷きに物語を書いた。もちろん、私が学んだ法と古代中国の法は、その源も体系も異なるものであろう。しかし、こころざしの高さは等しいと考え、いつもの嘘《うそ》八百とは異なり、嘘ではない己の気持ちを物語に溶けこませた。ゆえにこの本編は、作家になってもっとも書き上げるのに苦しんだ一作になった。
原典は同じく司馬遷の『史記』。その題のとおり、『史記』の「刺客列伝」には、五人の刺客が紹介されている。韓の大臣を刺殺したのち、己の顔の皮を剝《は》ぎ、目玉をくり抜き、腹を切って腸を出し絶命した聶政《じょうせい》。身元不明人として市場に打ち棄《す》てられたその弟の骸《むくろ》を抱き、慟哭する姉の栄《えい》。この四人目の暗殺者が描かれた次が荊軻《けいか》の出番となる。(なお、『史記』では、この「刺客列伝」に続き「李斯《りし》列伝」が置かれ、始皇帝の死後、丞相《じょうしょう》李斯に訪れる昏《くら》い結末が描かれている)
執筆の準備として、ネット販売で「竹簡を作る」キットを買い求めた。幅は小指の爪《つめ》ほどしかなく、長さはテレビのリモコンほどの竹片にやすりをかけ、現代のものよりずっと複雑な当時の漢字を筆で書きこんだ(すぐに墨汁が染《し》みこみ、線が太くなるので非常に難しい)。文字が乾いたところで、麻紐《あさひも》で竹片の束を編み、竹簡を完成させる、という作業に打ちこんでいる最中、台湾の編集者と食事する機会を得た。その席で、荊軻と同じ中国語の発音だが漢字表記が異なり、その名を呼びかけたとき、二人が同時に返事してしまうような名前を教えてくれないか、と頼んだ。

京科はどうか、と言われた。

本編の舞台となるのは、秦による中国統一が果たされ始皇帝が誕生する、その六年前である。荊軻が暗殺者として咸陽《かんよう》に乗りこむ騒動の前後を描いている。

荊軻、京科、ともに「ティンカ」と舌に羽根を乗せたように、軽やかに発音する。

父司馬遷《ちちしばせん》

本作の序から話はぐるりと回って、ふたたび中島敦《あつし》に戻る。

彼の著作に「李陵《りりょう》」という一編がある。

舞台となる時代は紀元前一世紀、武帝の治世。秦が滅びたのち、漢を興した劉邦から数えること七代目の皇帝が武帝である。

彼のもと、漢は全盛期を迎える。武帝の大きな功績のひとつに、高祖劉邦でも成し遂げられなかった、北方遊牧民の匈奴《きょうど》に対する勝利が挙げられる。しかし、体勢を立て直した匈奴にふたたび押しこまれるようになり、そこに李陵と司馬遷の事件が発生する。

中島敦の「李陵」のなかで、私がもっとも好きなくだりは、孤軍奮闘の末に匈奴の捕虜となった李陵が、遠い長安の都にて司馬遷が己を擁護し、そのために罰せられたことを伝え聞いても、それに対し何ら感謝の気持ちを抱くこともなければ、相手に同情もしない、はっきり言って司馬遷を一顧だにしないという、非常に乾いた、残酷な反応を見せるところだ。司馬遷の勇気ある行動は、誰にも届くことがなかったのである。

結果、彼は人ではなくなった。

この当時の人々の感覚として、人ではない、男でも女でもない、という肉体を持つ司馬遷を愛する女はいたのだろうか。それが私が本編を書こうと思いついた端緒だった。

司馬遷は過去を記録した。

それが『史記』となった。以後、王朝が交替するたびに、司馬遷が編み出した書式を真似《まね》て、『漢書』『三国志』『後漢書』といった歴史書が編まれた。

これは私の勝手な推測だが、なぜ中国にはこれほど膨大な歴史の蓄積があるにもかかわらず、いわゆる「歴史ミステリー」の類《たぐい》が極端に少ないのか。翻《ひるがえ》ってなぜ私たちの国では、いつまで経《た》っても「本能寺の変」の真相を皆で探ろうとするのか。

もちろん、すべてが根こそぎ交替する王朝のあり方に理由の一端はあるだろうが、最大の要因は「はじめに司馬遷がいたかどうか」の違いだと私は考える。もしも中国で「本能寺の変」が発生したなら、明智光秀《あけちみつひで》の謀反《むほん》の理由も、謀反を招いた織田信長の主君としての欠陥も、次の豊臣《とよとみ》政権のもとで、すべてが事細かに記録され、とうに事実として決定されていただろう。そこにあやふやな「謎《なぞ》」は生まれない。歴史に「あそび」を残さないのが記録なのだ。

もっとも、司馬遷の記録を読みながら妙に感じるのは、彼の書いたものが「おもしろすぎる」点だ。司馬遷以降、二千年の間に、星の数ほどの故事が積み重なってきたにもかかわらず、司馬遷が記述した過去数百年の記録に含まれる内容よりも「おもしろさ」で勝る歴史的エピソードが、その後ほとんど見つからないのである。

私は司馬遷が話をおもしろくするため、いわゆる「話を盛る」という行為をたぶんにその文章に加えていると想像する。しかし、その大らかさもまた、「伝える」の一翼を担うものであり、その集積が彼にとっての「記録」だった。やがて、時代を下るにつれ、記録はより厳密なものとなり、ときに政治利用もされ、かたちを変え、司馬遷の当時にはあったはずの「あそび」を失っていく。

幸か不幸か、この偉大な司馬遷は日本には生まれなかった。

おかげで私は今も日本の歴史のなかに多くの「あそび」を見つけ、想像の羽を広げることができる。

その飛翔《ひしょう》のさなか、お隣の国の歴史ながら、司馬遷が紡《つむ》いだ記録に、私好みの「あそび」を見つけた。

ゆえに、この一冊を書いた。

二〇一六年十一月

万城目 学

この作品は平成二十六年七月新潮社より刊行された。
文庫化にあたり、「序」「著者解題」を新たに書下ろした。

有栖川有栖編
大阪ラビリンス
ミステリ、SF、時代小説、恋愛小説——。大阪出身の人気作家がセレクトした11の傑作短編が、迷宮都市のさまざまな扉を開く。

網野善彦著
歴史を考えるヒント
日本、百姓、金融……。歴史の中の日本語は、現代の意味とはまるで異なっていた！　あなたの認識を一変させる「本当の日本史」。

井伏鱒二著
山《さん》椒《しょう》魚《うお》
大きくなりすぎて岩屋の棲家から永久に外へ出られなくなった山椒魚の狼狽をユーモア漂う筆で描く処女作「山椒魚」など初期作品12編。

池波正太郎著
真田太平記（一〜十二）
天下分け目の決戦を、父・弟と兄とが豊臣方と徳川方とに別れて戦った信州・真田家の波瀾にとんだ歴史をたどる大河小説。全12巻。

池波正太郎ほか著
真田太平記読本
戦国の世。真田父子の波乱の運命を忍びたちの暗躍を絡め描く傑作『真田太平記』。その魅力を徹底解剖した読みどころ満載の一冊！

色川武大著
うらおもて人生録
優等生がひた走る本線のコースばかりが人生じゃない。愚かしくて不格好な人間が生きていく上での〝魂の技術〟を静かに語った名著。

藤沢周平著
用心棒日月抄
故あって人を斬り脱藩、刺客に追われながらの用心棒稼業。が、巷間を騒がす赤穂浪人の動きが又八郎の請負う仕事にも深い影を……。

夏目漱石著
坊っちゃん
四国の中学に数学教師として赴任した直情径行の青年が巻きおこす珍騒動。ユーモアと人情の機微にあふれ、広範な愛読者をもつ傑作。

髙村薫著
黄金を抱いて翔べ
大阪の街に生きる男達が企んだ、大胆不敵な金塊強奪計画。銀行本店の鉄壁の防御システムは突破可能か？ 絶賛を浴びたデビュー作。

ブコウスキー
青野聰訳
町でいちばんの美女
救いなき日々、酔っぱらうのが私の仕事だった。バーで、路地で、競馬場で絡まる淫猥な視線。伝説的カルト作家の頂点をなす短編集！

S・シン
青木薫訳
フェルマーの最終定理
数学界最大の超難問はどうやって解かれたのか？ 3世紀にわたって苦闘を続けた数学者たちの挫折と栄光、証明に至る感動のドラマ。

サン＝テグジュペリ
河野万里子訳
星の王子さま
世界中の言葉に訳され、子どもから大人まで広く読みつがれてきた宝石のような物語。今までで最も愛らしい王子さまを甦らせた新訳。

悟《ご》浄《じょう》出《しゅっ》立《たつ》

新潮文庫　ま－48－1

平成二十九年一月一日発行

著者　万《ま》城《き》目《め》学《まなぶ》

発行者　佐藤隆信

発行所　株式会社新潮社

郵便番号　一六二－八七一一
東京都新宿区矢来町七一
電話 編集部(〇三)三二六六－五四四〇
　　 読者係(〇三)三二六六－五一一一
http://www.shinchosha.co.jp

価格はカバーに表示してあります。

乱丁・落丁本は、ご面倒ですが小社読者係宛ご送付ください。送料小社負担にてお取替えいたします。

印刷・大日本印刷株式会社　製本・憲専堂製本株式会社

ISBN978-4-10-120661-5 C0193